苦并快乐着

1978年前后
一个农村孩子的生产生活

文　贤　著

中国发展出版社

图书在版编目（CIP）数据

苦并快乐着/文贤著．—北京：中国发展出版社，2018.11
ISBN 978 - 7 - 5177 - 0921 - 3

Ⅰ.①苦…　Ⅱ.①文…　Ⅲ.①纪实文学—中国—当代
Ⅳ.①I25

中国版本图书馆 CIP 数据核字（2018）第 222292 号

书　　　　名：苦并快乐着
著作责任者：文　贤
出 版 发 行：中国发展出版社
　　　　　　（北京市西城区百万庄大街 16 号 8 层　100037）
标 准 书 号：ISBN 978 - 7 - 5177 - 0921 - 3
经　销　者：各地新华书店
印　刷　者：河北鑫兆源印刷有限公司
开　　　本：880mm×1230mm　1/32
印　　　张：7.5
字　　　数：136 千字
版　　　次：2018 年 11 月第 1 版
印　　　次：2018 年 11 月第 1 次印刷
定　　　价：32.00 元

联 系 电 话：(010) 68990642　68990692
购 书 热 线：(010) 68990682　68990686
网 络 订 购：http：//zgfzcbs.tmall.com//
网 购 电 话：(010) 68990639　88333349
本 社 网 址：http：//www.develpress.com.cn
电 子 邮 件：271799043@qq.com

一幅当代农村版的"清明上河图"

刘 奇

　　《苦并快乐着》是一幅当代农村版的"清明上河图"。我读过不少写乡村变迁的书，但从没看到写景状物、叙事抒怀、描摹刻画得那么真、那么深、那么透，又那么全面、生动、精彩，更那么清朗奇俊、韵味十足、出神入化的。全书以逻辑思维为经，形象思维为纬，描绘的各类场景真个是"虽人有百手，手有百指，不能指其一端；人有百口，口有百舌，不能鸣其一处也"。书中既有行云流水的白描素记，又有雕章琢句的古典文法；既有精骛八极、心游万仞的汪洋恣肆、一泻千里，又有恬淡自然、和风细雨的绵绵心声、娓娓妙语；既有宜关西大汉握铁简板引吭高歌的篇什，又有合二八女郎执红牙板浅吟低唱的章节。展读一面面书页，就像展开一轴长卷画卷，鲜活的画面跃然纸上。相信但凡有点乡村生活经历者，读后都会拍案叫绝。

四十年前的改革，造就了今天中国的辉煌。四十年前，文贤同志年龄还小，一个童真孩子体会到的苦乐，自然和当时成人的感受是不一样的，但就是文贤同志这一代人童年时亲身经历的这些苦乐，给这一代人带来了难得的精神财富，他们对于乡村的记忆，或许才是激发他们持续关注乡村振兴的动力。

上海世博会的两句口号深入人心，"城市让生活更美好""乡村让人们更向往"。眼下虽然整个乡村还比较落后，但经过改革开放以来的建设，尤其是十八大以来的一系列举措，一些发展较快的乡村，已不再是人人都想逃离的"谈农色变之地"。坊间戏言，现在是穷人进城，富人下乡；忙人进城，闲人下乡；为生存的人进城，为生活的人下乡。这些坊间戏言尽管有夸大的成分，但也从一个侧面反映了农业农村的显著变化。在人民日益增长的美好生活需要与不平衡不充分发展已成为新的社会主要矛盾的今天，绿水青山已是人们寻求"诗意栖居"的理想之地、健康养生的归宿之所。

四十年，弹指一挥间。文贤在书中描述的一个农村孩子的苦与乐的场景，很多已经消失了，乡村中很多有价值的东西也已经几乎消失殆尽了。究其原因，在战争年代，我们用农村包围城市；在建设年代，我们用农业支援工业；在改革年代，农民服务市民以乡养城的定势思维已成惯性。所以，十九大报告谆谆告诫全党，"三农"问题是关系国计民生的根本问题，必须始终把解决"三农"问题作为全党工作的重中之重，任何时候都不能忽视农业、忘记农民、淡漠农村。全社会都应以此为标杆，树立不打折扣的看齐意识，尤其在土地征收、工农产品价格剪刀差、农民工市民化等方面必须以壮士断腕之力革除旧弊，让城乡在统筹发展、一体化发展、协调发展的基础上融合发展。当城市里享受着高度现代化生活时，我们更应关注一下低度现代化的农业农村，"不忘初心"，毕竟那里存放着我们的"初心"。

新时代"三农"的新使命，就是按照"产业兴旺、生态宜居、乡风文明、治理有效、生活富裕"的要求，实施乡村振兴战略。乡村振兴的标志性体现就是"三个起来"，即让"农业强起来、农民富起来、农村美起来"。早在2013年中央农村工作会议上，习近平总书记就明确提出："中国要强，农业必须强；中国要富，农民必须富；中国要美，农村必须美。""三个必须"深刻阐明了"三农"强富美与中国强富美的关系。乡村不振兴，中华民族就不可能复兴；

"三农"不崛起，中国就无法崛起。因此，振兴乡村，实现"三个起来"，不仅是为了解决"三农"问题，更是实现中华民族伟大复兴的关键！

十九大报告提出"要坚持农业农村优先发展"。如何优先，怎样体现，大有文章。绝不是高喊口号敲锣打鼓或造几个典型就代表优先了。要把"三农"放在国民经济社会总体发展的大战略中看是否优先了；放在城市与农村大背景中看是否优先了；放在三次产业的大结构中看是否优先了；放在市民农民的大格局中看是否优先了；放在宏观制度设计中看是否优先了；放在微观资源配置中看是否优先了。乡村命运并非掌握在乡村自己手里，很大程度上取决于国家愿景和行动。如今愿景已出，重在激活行动。

务农、学农、教农，这是文贤的人生"三农"。"儿郎种麦荷锄倦，偷闲也向城中看"，一个发于垄亩的青葱少年终于走进了那个"夜市千灯照碧云"叫作"城"的地方，虽身处闹市，却仍时时回望来路，铭记"根"的呼唤。由"农"而"努"而"浓"，这在当下是难能可贵的责任担当，是超凡脱俗的家国情怀。相信文贤这一代人感受到的苦与乐，能够成为他们为实现乡村振兴而不懈奋斗的源动力。倘若再过四十年，历史的接力棒又传给了一个像文贤一样在农村长大的孩子，他笔下的农村生产生活苦乐又会是什么样子呢？我很好奇。

　　"真"是自然科学要解决的问题，"善"是社会科学要解决的问题，"美"是艺术科学要解决的问题。为文者要达到真善美的有机统一，非专才加通才不可为，那些只以学术的象牙塔画地为牢的研究者，是很难写出既能顶天又能立地的美文的。

农爱至简

青 禾

　　去年底，学弟文贤跟我提起，他想把自己 1978 年前后在农村老家的生产生活状况记录下来，如实地再现这场巨变，以此纪念中国农村改革四十年。我认为这是一件意义非凡的事情，就鼓励他抓紧撰写。没想到，在紧张繁忙的工作之余，他竟然很快完成了《苦并快乐着》的书稿。如果没有对农业、农村和农民的那份挚爱，没有家国情怀，没有社会责任，我知道这本书是不可能在这么短的时间完成的。捧着书稿，我迫不及待地读了起来：先是穿越历史，从上下五千年的中华文明史中观悟国之兴衰，思辨四十年之长短，审视四十年之变与不变。场景继而切换到山东的一个农村，描述了一个农村娃子 1978 年前后在生产、生活和求学方面的辛苦与快乐，体悟四十年巨变所带来的得与失。继而，场景又飞向未来，从农业转型国际规律的角度，谈到我们国家正处在农业发展的第三阶段，亟须法治与德治并重来助力中华民族伟大复兴强国梦之实现。实在是妙！

这本书并不是孤立地记录和再现作者所在农村的生产生活变迁，而是跨越历史未来，把农村改革四十年放在一个传统农业国向现代工业国转型的大历史背景下，从宏观上理清我们已经过和正在经历的发展阶段，让我们得以了解为什么这四十年会发生这样和那样的变化。而微观上对农村老家一系列经历的如实记录更像是对宏观脉络的精细求证。如此一来，宏观与微观完美配合，避免了就事说事，避免了只见树木不见森林的盲人摸象，此一妙也。

学弟生于农村长于农村，对1978年前后山东老家集体生产、单干、衣食住行、娱乐和求学过程的如实记录与描绘如数家珍，字里行间充满了对孩提时农村生产生活的眷恋，充满了对正在消失的夜不闭户、邻里间相互帮衬的传统文化之惜念。学弟在痛快释放其热爱农业、热爱农村和热爱农民之情感的同时，又能够非常理性地从专业的角度解析为什么1984年之前要实行粮食统购统销，为什么在集体生产时农民们出工不出力，为什么农民更愿意好好照料自留地，为什么单干后粮食立即大幅增产，为什么我们第三阶段的农业发展任务依然十分艰巨。正因此，这本书不仅可以让那些与学弟有着同样乡愁的人重温农村的美好时光，不仅可以让关爱"三农"的各界人士了解农村改革所带来的活生生变化，更可以让那些出生和成长在城里的学子们充分了解过去的农业、农村和农民，从而更深刻地领悟建设现代化农业强国所必须正视的历史约束。如此做到理性与感性交相呼应，此二妙也。

本书在写作风格上也打破了传统惯例，没有一味地拘泥于某一种方式。学弟在描写山东老家农村生产生活变迁时，采取了非常直白的白话方式，娓娓道来，让人感到十分亲切，不知不觉中让读者感觉自己就是那个男孩，一切都是自己美好梦境的再现。然而，在思考历史与未来时，则转向近似于文言的风格。这也许让某些读者突然感到不适应，难免会有为什么风格不一致的疑问。但是，当你沿着作者的思路，和着文言的韵律，苦思冥想未来中国农业发展之路时，你会发现只有文言才足以让人敬畏，只有文言才足以让人严肃地面对如何才能建成现代化农业强国之课题，也只有文言才足以赋予农村改革四十年在创造历史、开辟未来中的独特价值。文言引人理性思考，白话带人身临其境。文言与白话相得益彰，此三妙也。

农业乃立国之本。欲求全面之国家现代化，必先农业农村之现代化。欲实现农业农村之强大，欲实现国家未来之强大，法治德治缺一不可。这是学弟在本书最后部分所做的画龙点睛之作，他是想借由农村改革四十年之纪念来警醒世人应该如何进一步提升农业劳动生产率、如何建设现代农业之强国。其实，正是因为有了农业，人类才从蛮荒走向文明。正是因为世世代代农民自己的不懈努力，才有了近代农业革命。正是有了近代农业革命，人类才可以有足够剩余的粮食来供养非农业人口，工业革命才成为可能。此后，正是因为大多数国家农业和农民的牺牲与奉献，全面工业化才得以实现。人类今天的成就离不开农业久远以来之贡献，理解了这一点，我们就会对农业农民常怀感恩之心。随着农业人口占总人口比重越来越低，城里人越来越远离乡村，越来越不了解稼穑之难，如何唤醒敬重农业感恩农民之心，关乎农业强国建设之成败，关乎中华文明之兴衰。

当我们每个人都由衷地升起关爱农业感恩农民之心，我们就拥有了农爱之精神。这正是学弟本书所传递之灵魂！农爱是道德，是我们内心关于"三农"问题之法律，是基石，须臾不可离！未来有关农业强国建设所必需的乡村振兴法和粮食安全法等诸多法律法规是成文之农爱，是准绳，须臾须遵循！

目 录

历史与现实

1978 年，新中国终于迎来了一场轰轰烈烈的改革。这场始于农村的改革，一路大刀阔斧，波澜壮阔。算而今，已经整整过去了 40 个年头。子曰："四十而不惑"，这场改革也进入了她的不惑之年，相信她会在实现建设现代化强国的伟大道路上，更加清醒，更加坚定。

能记起改革开放之前农村模样的人，大多都是 20 世纪 70 年代初以前出生的，也都早已先后步入了不惑之年。乡愁，大概也就是这些至少像我一样年龄的人，脑海里偶尔才会闪现出的对农村的思念。

40 年前的光景，仿佛历历在目，恍惚就在昨日。

40 年的时间，在中华民族五千年的文明史中，显得更加短暂。40 年的时间，在人类发展长达数百万年的历史长河中，更如白驹过隙，转瞬而逝，毫无踪迹，短暂得几乎可以忽略不计。

三皇五帝的时代，大概还属于新石器时代，长江黄河流域的部落氏族众多，黄帝、颛顼、帝喾、唐尧、虞舜，都是传说中号令天下的人君，德泽四方，恩被禽兽。尽管传说中黄帝时的史官仓颉就已经创造了文字，只可惜到现在我们也没有发现三皇五帝时代确凿的文字出土，流传下来的天下一统的传说不排除夹杂了后人的演绎。公元前两千多年前开始的夏代算是已经有据可查的了，可惜目前仍没有发现夏代就存在文字的证据。有人说夏代就真的开始天下一统了，但似乎也同样只是后人的美好愿望。要知道，只有在西周灭亡、周平王东迁洛阳之后，也就是中国进入春秋战国时代以后，文字才可以算得上开始普及，文书行政才得以大行其道，但在秦始皇统一文字之前，仍旧是"言语异声，文字异形"。而夏代，执玉帛者还有方国，很难想象在文书行政之前，靠口口相传的夏代就真正实现了天下一统。其实，商周时的天下，应该还是方国诸侯林立。商汤之时，至少还是方国三千。到了商代后期，仅有文字记载的方国还多达二百之余。武王伐纣时，会盟诸侯的数量高达八百。西周之初，分封的主要诸侯国数量就七十有余。战国末期，诸侯数量几近九百之数。严格来说，只有秦汉之时，中国历史上才有了一个真正天下一统的政府，此前的中国，只能勉强算得上"封建"意义上的统一。至于秦汉以降，迄至明清，中国也时而一统，时而分裂，天下分分合合不已。汉唐元明清是我们引以为豪的天下一统时代，其他时期裂地而王者层出不穷。秦汉以来的两千多年之中，除了正统王朝，中国大地上前前后后还出现了数以百计林林总总、大大小小的王国。

算而今，在中国上下五千年文明的历史长河中，先后出现的大大小小王国数以万计。这些王国，有些没有撑过40年，有些即使撑过了40年，在40年乃至更长时间内发生的事情，史书记载中也往往被一笔带过，或者基本空白。这当然也是有原因的。在小篆之前，书写困难，几十年间乃至上百年间的历史，也只能留下只言片语，流传下来的传说也寥寥无几，且不免众说纷纭，被后人各自演绎，以至于大明迁怪，混洞虚诞，其时真相究竟如何，后人不得而知，只能靠着后来出土的文物管窥一二。在纸张发明之前，古人在铜鼎竹简绵帛上书写惜字如金，史料缺乏亦在意料之中。纸张出现之后，书写变得容易，文字典籍也渐渐普及，读书人也开始增多，纪一时之人杰，录一世之大事，史料渐渐增多。尤其在活字印刷之后，著书立说更加方便，传记典籍浩如烟海，书籍也变得便宜，乃至布衣之家亦可一窥诗书。然而，随着文书行政的开始，文明与战争相随而至。物质文明得以提高的同时，野蛮战事日益增多，战争规模日益扩大。频发的战乱，无休的杀伐，萦绕着每个朝代，挥之不去。小者攻城略地不已，大者灭国屠城不止，史料多随战事烟消云散，不得一见。保存不善，或天灾突发，也会导致史料毁灭。或出于统治需要，在位者选择性叙史，选择性记史，选择性存史，焚他史，坑异士，史料又毁之一炬。《宋史》云："历代之书籍，莫厄于秦，莫富于隋、唐……陵迟逮于五季，干戈相寻，海寓鼎沸，斯民不复见《诗》《书》《礼》《乐》之化。周显德中，始有经籍刻板，学者无笔札之劳，获睹古人全书。然乱离以来，编帙散佚，幸而存者，百无二三。"可悲可叹！

由于史料的缺乏和毁坏，历史上40年间乃至更长时间内发生的事情和变化不得而知，难免让人顿生40年太短的感慨。

不可否认，在新中国成立之前的数千年之中，从事农业生产的人口占人口总数的八成乃至九成以上，反映这八九成人口生产生活变化的资料还真不多。其实，这也不足为怪。在中国上下五千年的漫漫长河中，上溯三皇，下迄明清，不论是农耕文明，还是游牧文明，布衣平民的生产生活几无大的变化。或男耕女织，渔樵耕读，或逐水而居，逐草而牧，古今大同小异。五千年间的变化尚且不大，遑论 40 年？倘若 40 年间的变化微缈，或者根本就不重要，史官轻描淡写，或者史料稀缺，亦不足为奇。

当然，40 年的时间也不能算太短。秦汉一统后，华夏大地上随时都可能风起云涌，盛世变乱世，乱世变盛世，朝暮之间，旦夕而已。40 年间，甚至数年之间，如果发生的变化太多，就难免让人感觉 40 年又太久。

自有秦以来迄至晚清的两千多年间，中华大地上先后有 349 位帝王登台亮相。如果我们再算上南朝北朝五代十国，把大大小小真真假假的帝王都包括在内，那么先后就有 400 多位帝王登基执政。倘若再把历史拉长一点儿，从夏商就开始算起，把西周春秋战国时期都包括在内，把勉强算是帝王的也包括进来，帝王的数量就几近 600 位。取其中，400 人君之中，在位时间最长者，当属清初康乾二帝，各自执掌天下长达整整一个甲子；在位时间最短者，当不让金末完颜承麟，也就仅仅做了半日皇帝而已；在位时间不足半年者，40 有余；在位时间不足 10 年者，高达 240 有余，在 400 人君中占到六成。如此频繁的改朝换代，人君朝夕更迭，真正礼让禅位者屈指可数，被苦苦相逼退位或丢了性命的倒是不少。为谋夺帝位，父子反目成仇，夫妻同床异梦，兄弟尔虞我诈，君臣夺命相逼，处处刀光剑影，时时危机四伏，人人命悬一线。虽高居人君之位，仍不免如临深渊，如履薄冰，仍不免虎狼在侧之忧，故人君常也惴惴不安，寿终正寝者寥寥无几。都说皇帝是个相当危险的职业，看来此言的确不虚。

南朝刘宋王子们有"愿后身不复生（帝）王家"的悲叹。用现在人的观点来看，皇子锦衣玉食荣华富贵，天下几人能求？刘宋皇子放着好好的皇子不愿当，却宁肯当个普通百姓，那得有多矫情?！其实，帝王都命不保夕，皇子皇孙就更危险了，同室操戈满门抄斩者不计其数。想想南朝，刘宋明帝即位后立刻就杀了其兄孝武帝的 16 个儿子，而明帝的 12 个儿子又被后废帝杀得一个不剩，你说刘宋皇子们的悲叹能言不由衷吗？

频繁的朝代更替和帝位更迭，皇子皇孙朝不保夕，其背后一定有深刻的原因和很多故事。探究个中原因，叙述精彩故事，汲取经验教训，遂成为史书记载的重点，大书特书。帝位更迭的背后，或是父子相争，手足相残，谋权夺国；或是外戚干政，宦官专权，巧取豪夺；或是王侯将相欲壑难填，内外勾结，伺机谋乱；或是勇兵悍将攻城略地，征伐不止，杀戮不已；或是奸臣小人趋炎附势，狼狈为奸，争权夺利；或是贪官污吏欺上瞒下，鱼肉百姓，横行乡里。上行下效，民不聊生，饿殍遍野。穷斯滥矣，一夫揭竿而起，万人云合响应，王朝只能改弦易辙。这些令人不卒忍读的故事，真是罄竹难书，一个接着一个，一篇连着一篇，充斥史书，岂不让人顿生40年太久之感？

当然，上下五千年中也不乏盛世美景，比如文景之治、贞观之治、康乾盛世等等。这些盛世的出现，多是在经过长期战乱之后，人口大幅减少，恰巧又碰上了一个开明皇帝，采取了休养生息政策之后才出现，也就是所谓的大乱之后的大治。大乱之后的大治，主要靠的是人少地多，其实普通人的生产生活水平变化不大。待承平日久，人口滋多，人地矛盾又开始突出。加上承平日久，王侯将相开始渐渐不思进取，太守县令知府知县糊弄应付，胥吏掾属鱼肉百姓，倘若再碰上洪涝干旱飞蝗之类的灾害，可谓天灾人祸齐聚，改朝换代的事情也就不可避免了，也就是所谓的大治之后的大乱。后人云，大乱之后必有大治，大治之后必有大乱，或者说天下大势，分久必合，合久必分，尽管表面看来颇有些历史规律性，或者说有些必然性，但多多少少还是有些春秋笔法的味道，其实未必如此。春秋战国期间，诸侯纷争，列国称雄，待嬴政履至尊而治六合，天下归秦。然，一统天下的嬴姓，坐拥崤函之固金汤之城的秦朝，不是二世就亡了吗？东汉后期，天下纷争，魏晋之前就已经不是天下一统了。赵宋王朝也不是天下一统，南宋皇帝不是只能偏安于江南一隅，苟且偷生吗？

　　际会盛世，君臣齐心，上下勠力，修美休德；上顺天时，下循地利，万物和合；农时不误，节令不荒，民意弗违；怀柔抚远，万众乐归，国势日昌；府库充盈，国富民殷，国泰民安。际此盛世，人口增加，财富增长，老百姓衣食住行也相应有了改善。然而，古之盛世，多是经过长期战乱改朝换代之后，才偶尔出现。冷兵器时代的战争，人口是最重要的武器。唯有杀的对方片甲不留，方能解恨，方能无忧。所以，战事一起，胜则杀人如麻，败则倾城被屠。长期战乱之中，千里无鸡鸣，白骨露于野，人口百无遗一，田野荒芜，乃至于民众易子而食。历经了长期战乱之后，人口数量必然大幅降低，甚至减少过半，野鹿庙现，四野空旷。人口锐减，而土地广袤依旧。不论是耕种放牧，还是捕鱼贩樵，都变得相对容易。没有了战乱的纷扰，在吏治还算清明的时间，赋税徭役不重，大多数平民百姓自然可以做到衣食无忧。如果恰巧碰上了一个开明的皇帝，遇到了一个清廉的宰相，就像文景时那样，百姓就可以徭轻赋薄，乃至田赋免除。碰上皇帝高兴，说不定还隔三岔五赐民爵一级，女子百户牛酒，鳏寡孤独者粮油布帛。仓廪实而知礼节，衣食足而知荣辱，礼生于有而废于无。民众生活富裕了，精神层面的追求也就高尚了一些。钻研孔子儒学的士人多了，探究释迦佛教的弟子多了，体悟老庄道教的居士多了。如果再恰好碰上皇帝文惠，皇亲国戚笃信，孔庙、寺庙、道观当然也就多了起来。汉赋唐诗宋词元曲明清小说，曾辉煌一时，那也是民众富裕之后追求丰富精神生活的表现。然而，即使盛世期间，普通百姓以人力蓄力为主的生产方式也几乎没有什么显著变化，民众生活虽有改观，但衣食住行方式几乎依旧。既然世事反复依旧，百姓的生产生活当然就不值得大书特书。

40 年的时间，或在历史记载中一片空白，短也；或在历史记载中细致入微，长也。

历史上已经久远了的 40 年，或悲或喜，对普通人而言，大都已经烟消云散，几乎无关现实的生活。但是，连接现在的 40 年的时间，对于一个活在当下的人而言，那可就不一样了。中国人的平均预期寿命，而今已经达到 76 岁了。40 年的时间，也已经是多半的人生了。一些克己奉公者，夙兴夜寐，兢兢业业，战战栗栗，为工作呕心沥血，往往英年早夭，40 岁可能就是生命的全部。对于那些生活贫穷之辈，对于那些糟糠不厌之属，对于那些衣不蔽体之人，对于那些疾病缠身之类，他们往往也活不到 60 岁，40 年的时间已经是大半个人生的时间了。

对于依旧活在当下的中国人，不论是三尺幼童，还是耄耋老人，不论是士农，还是工商，不论是穷人，还是富人，谁能想象出 40 年后的世界会是一个什么样子呢？谁能想象出 40 年后的中国会是一个什么样子呢？又有谁能想象出 40 年后的自己会是一个什么样子呢？对于那些正嗷嗷待哺的孩童，对于那些正豆蔻怀春的少年，40 年的跨度太大了，40 年后的日子真的是太遥远了！他们往往根本丝毫不会思考 40 年后的样子。对于大多年过花甲的耄耋耆老，40 年的时间真的是太长久了，他们往往也再活不了另一个 40 年，可能用不着有太多思考。

大多凡夫俗子，如有思考，充其量也只是盘算一下 40 年后自己的年龄大小，自己是否还会在世；或者儿孙年龄将会多大，是否子孙满堂。稍有超俗者，或许会对 40 年后的景象做些美好憧憬。这些美好的憧憬，也大多基于现实的自我，基于现实的社会，基于现实的发展惯性，仅仅做些简单的外推而已。对于大多数像我一样衣食无忧小康已就之人，多会根据现在的工作情况，根据现在的收入水平，根据对未来变化只言片语的理解，依旧做着求学苦读、埋头工作、结婚生子和退休养生的打算，心目中 40 年后的样子，充其量也就是现在样子的局部改善，或是简单的翻版而已。尽管我们坚信，40 年后的自己，40 年后的社会，必定会发生一些变化，但我们很难想象，也很难相信，也很难接受，40 年后的变化可能是翻天覆地的。智者当然例外。

智者，一叶知秋，管窥见豹，听于无声，察于无形，能闻蚊睫有雷霆之声，能视蜗角有伏尸之战，能洞察世间一切，也能知悉社会未来。但智者口中的未来，我们多数人往往根本就听不懂；或者即使听懂了仅仅那么小小的一点儿，也根本不会理解，更不会相信，只视若天方夜谭的笑话，一笑了之。

然则回想中国近百年之变，或可进一步体察世界变化之快。1921 年时的中国，饱受列强欺凌，军阀割据，生灵涂炭，满目疮痍，积贫积弱。有谁能料到，当时只有区区 50 余人的中国共产党，能在不到 30 年的时间就打下了一片红彤彤的江山，成立了一个崭新的社会主义新中国呢？党的十八大之前，一些部门，一些领域，一些地区，一些党的干部，贪污腐化成风，穷奢极欲，为所欲为，以致民怨沸腾。十八大之后，新一届领导集体锐意进取，从细微之处着手，却又大刀阔斧，既伏虎，又捕蝇，用了仅仅不到两三年的时间，四风几无踪影，吏治陡然清明。当初又有几人能料？

假如我们穿越回到了 1978 年。我们见到了一个当时生活艰辛的农民，让他猜猜 40 年后会是一个什么样子。他那时的期盼，顶多就是衣食无忧。当时，普通百姓对于共产主义社会的理解，不就是楼上楼下，不就是电灯电话吗？

当我们告诉他：40 年后，你的收入会是现在的十倍、百倍乃至千倍万倍；你会经常大碗喝酒，大口吃肉，即使一时还做不到养尊处优；你会时常天南美食，海北佳肴，即使一时还做不到管饱管够；你会经常添新衣，置新裳，即使一时还做不到锦衣满箱。他一定会认为那是城里人过的日子，而且绝对还是城里非常有钱人的日子。丰衣美食的生活，怎么可能会发生在一个农民身上呢？

当我们还告诉他：你会经常乘坐汽车火车，乃至飞机，日行千里，夜行八百，去离家很远的地方旅游观光；你甚至会有一辆属于自己的轿车，一家人开着轿车去远行，去访亲会友。你会住在宽敞明亮的房子里，里面有电视有电话，有冰箱有洗衣机；你会有一台电脑，它几乎瞬间就能告诉你世界各地发生的大大小小事儿；你会有一个烟盒大小的手机，既可以用来打电话，也可以用来拍照，还可以用来查阅几乎你所有想知道的事儿；你不需要跑很远的路，只需一个电话，或者用手指就那么捣鼓几下，就可以立刻买到吃的穿的喝的用的，有人会送到你家门口。他一定会认为，我们根本就是痴人说梦，或者是疯了，而且疯的还绝对不轻。日行千里，夜行八百，千里眼，顺风耳，想啥有啥，这不全是《西游记》里的神话故事吗？

当我们还告诉他：40 年后，耕地播种时，你也不用一镬一镐的刨地了，耕地的拖拉机会上门服务；给庄稼打药时，你也不用头顶烈日背着喷雾器满地转悠了，喷洒农药的机械全代劳了，甚至还可能是一架无人机；收获时，你再也不用驼着背弯着腰刀割镬刨的劳累了，联合收割机会排队过来；收获后，你也不用肩挑车推往家背了，有人会到你家田头直接收购。你甚至啥活儿也不用干，把土地托管给别人，年底时坐在家里数钱就行。他一定会说，那绝对只能是地主，而且绝对是超级大地主，才有可能过上的日子。早出晚归，日出而作，日暮而归，面朝黄土背朝天，那不才是本分农民的日子吗？不耕种，不打药，不收割，不贩卖，不劳而获，那还叫农民吗？

最后，我们还告诉他：40 年后，种地养猪再也不用上交农业税了，国家反而会给你补贴；到了 60 岁，你也会有退休金；生病了，你可以到城里的医院看病，国家还给报销一大部分；孩子上小学和初中都免费，家庭困难的还有补助，近半数的孩子都会考上大学。他必定会吃惊地跳将起来，皇粮国税，看病花钱，上学付费，天经地义。种地国家倒贴，看病国家掏钱，上学国家付费，自从盘古开天辟地来，亘古未有，就是神话传说中也从来没听说过！

可是，我们告诉他的真实情形，他死活都不会相信的梦幻场景，不正是当下农村的写照吗？

梦幻与现实的交织，不正是这40年变化的结果吗？1978年以来的40年间，中国农村的巨大变化有目共睹。这40年的变化，翻天覆地。农村生产生活方式发生的这些沧桑巨变，又有谁在40年前能够料得到呢？这种变化，我们现在已经习以为常了。倘有人疑问，我们反而会诧异，本来不就应该变成现在这样吗？我们甚至认为变化还应该再大一些，因为我们认为现实还有很多很大的改善余地。

历经40年，发端于1978年的这场中国农村改革，彻底改变了中国农业生产的方式，农业已经不再完全依靠农夫早出晚归下苦力了，而是更加依靠科技和资本，更加依靠新形式的联合。

历经40年，发端于1978年的中国农村改革，彻底改变了中国农村的面貌，农村已经不再是贫穷落后、一穷二白的代名词，而是瓦房楼房林立，交通便捷，山清水秀，甚至是很多城里人修身养性的理想之地。

历经40年，发端于1978年的中国农村改革，也彻底改变了中国农民的收入水平和生活状况，农民不再食不果腹，衣不蔽体，而是小康有加，温饱不愁，幼有所教，老有所养。

短短40年间，不仅中国的农业农村农民发生了翻天覆地的变化，整个国民经济和社会也都发生了显著变化。这在人类历史上曾经有过吗？没有！仅就收入增长而言，纵观世界诸国，迄今为止，只有 5 国曾历经 40 年而能保持 5% 以上的增速：中国 7%，博茨瓦纳 6%，新加坡近 6%，韩国和赤道几内亚 5%。这些中国之外的诸国，人口较少，地域狭窄，尽管成绩也实属不易，但与我中国相比，绝不可同日而语。其余 4 国之中，人口最多的当属韩国，其人口只有 5000 万左右，尚不及我一省人口之众，其国土面积亦不足 10 万平方公里，不及我一省面积之广。博茨瓦纳国土面积虽近 60 万平方公里，但人口只有区区 200 多万。在 960 万平方公里的广袤国土之上，在 13 亿人口的泱泱大国之中，能发生如此巨大变化的，只有中国！

30 年后，也就是本世纪中叶，几近新中国百年华诞。我们期待，我们坚信，中华民族伟大复兴的中国梦能够如约而至！或许，对于这个梦的详尽画面，我们现在还难以勾画的特别清晰，但这个梦实现的时候，就是我中华民族的伟大复兴之日，也就是我中华民族重执世界牛耳之日！

40 年前还是一个农村的穷孩子，而今执教于象牙之塔，我曾何德何能？尽管 40 年前亲历目睹了当时的农业农村农民之变，却又何曾料想 40 年有此辉煌巨变？甘饴此盛世美景，本意欲探究此 40 年之所以变，以期对未来之变有所裨益。然而，看多了当世大家的撰述，听多了时下名流的演讲，突然发现自己竟浅陋至极，虽已登堂，仍尚未入室，根本无法置喙。

然余仍不甘心，唯恐无以文则无以表达自己的感激之情。故勉强为之，谨以此文记余 1978 年前后之所见所闻所作。今人看昨日，易流于看山是山看水是水，却又难免看山不是山看水不是水。其时，我还懵懵懂懂，今日所记，难脱以今日之见妄揣昨日之偏颇，亦难免如盲人摸象，挂一漏万。

生性愚钝，我都能感受到的农业农村农民 40 年之变，想来我的同事和朋友也必定能感受到，而且每个人的感受也必定有所不同。如能把不同人的感受汇集在一起，必定能更全面反映我国 40 年之变。所以在书稿草就之际，我盛邀了青禾、文阁、书文、李军、马铃和子涵几位，请他们从各自不同的角度来描述他们所感受的 40 年之变，一起呈献给读者。

青禾先生是我的老师兼学长，出身农家，谦谦君子，著作等身；文阁先生亦师亦友，出身农家，豪爽侠气，有白圭之资；书文先生亦友亦师，出身农家，文质彬彬，有端木遗风。他们三人都长我数岁，比我感受到的 40 年巨变更深刻些。李军先生是我的同事，亦有师生之谊，比我年轻几岁，出身农家，饱读史书，满腹经纶，对 40 年之变有更为历史的感受。马铃听过我的课，也算有师生缘分，少时虽住在农村但有城市户口。城里人看农村，大概有躲在玻璃窗后看户外风雨的感觉，不论和风细雨还是暴风骤雨尽是风景，基本置身事外。马铃看农村，应该像站在屋檐下看雨，既看了风景也沾了泥巴，既身临其境却又若即若离。子涵生于西北的甘肃，刚到花信之年，却也算得上是一个小小先生，仍在教育的长河里摆渡。对40年之变的感受，部分源于自己的体会，部分来自父辈们的唠叨。

尤其值得自豪的是，刘奇先生和陈文胜先生也为本书写了几句话。刘奇先生，是我倾慕的长者和学者，温文尔雅，对"三农"问题了然于胸，每每与其交谈，先生终不嫌我见识浅陋，博我以文，约我以礼，每谈总有茅塞顿开之感。我和陈文胜先生虽只有几面之缘，但我被他的"三农"情怀深深打动，他是《中国乡村发现》的主编，一直在为中国的"三农"事业鼓与呼。请这两位长者赐言为本书装点门面，虽有附庸风雅、蝇附骥尾之嫌，但借机再讨教他们，也应该算是"知然后而知不足"吧！

尽管他们的具体感受各有不同，但感受到40年发生了巨变是相同的，农业农村苦乐交集的感受是相同的，可以算得上和而不同吧。他们在抒发40年巨变的感慨之际，对我的书稿也难免有溢美之词。被人表扬总是高兴的，况且我也不是一个不虚伪的君子。暗自窃喜之余，我还是有些清醒的，在我看来，他们的溢美之词，必定是由于我书中描述的事情激发了他们苦乐齐集的回忆，他们的美言是因为祖国40年巨变而由衷发出的，不是针对我的书稿的。

忆昨日之苦，方能真正感受今日之甜，才可能更加珍惜当下之社会，并为之不懈奋斗。昨日之农村，也不尽全是苦，乐趣也不少。苦并快乐着，这大概就是时刻萦绕在我们心头的乡愁吧！

一 集体生产掠影

1978 年，离新中国成立还差一年就整整 30 年了。

那一年，中国人口将近 10 亿，农村 8 亿，城市 2 亿。

那一年，中国农村人口人均纯收入 134 元，是的，只有 134 元。这 134 元，不仅包括了农民收获后存放在米缸里的口粮，也包括了收获后已经吃到了肚子里的粮食，还包括了在院子里奔跑的小鸡小鸭，当然也包括了用来烧火做饭、喂鸡喂鸭的秸秆和糟糠。那一年，农民现金收入只有区区 56 元！

我的老家，位于山东省东部的一个普通村庄，距离县城 30 公里，交通不算太方便，也说不上闭塞。村子里有一条通往县城的公路，尽管是沙土铺成的路，但几乎每天都有一至两趟公共汽车从村子路过。

我所在的村子规模比较大，有 1000 多户农民，4000 多人。村子所属的人民公社当时下设十几个村庄。每个村名后面都带有两个时代特色的字——"大队"。我所在的大队户数较多，下面又分成了 16 个生产小队，每个小队平均有 60 多户。1984 年 4 月，当地才撤销了人民公社/大队建制，恢复了乡镇行政村建制。

村子处于低山丘陵地带，生产队主要种植传统的农作物和果树，也养些家畜和役畜。玉米、小麦、地瓜、土豆、大豆和花生，是当地的主要农作物。当然，生产队也会在田间地头种植高粱、黍子和芝麻之类的小作物。因为地处山区丘陵，所以山坡上种植了成片成片的苹果树，桃树、杏树、梨树和板栗树间或有之，但不多。家畜主要有猪、鸡、鸭、鹅、羊和兔子等，役畜主要有牛、马、驴和骡子等。

1978 年，我 7 岁，正好到了开始上小学的年龄。

那一年，中国召开了一个重要的会议——十一届三中全会。十一届三中全会在总结历史经验教训的基础上，提出了正确对待农民的基本准则，即"必须在经济上保障农民的物质利益，政治上尊重农民的民主权利"。当年的会议通过了一个重要文件，提出中国下定决心要开始搞改革开放。当年的文件只是一个草案，但在转年的十一届四中全会上正式形成了决定。当时改革的核心之一，就是在农村实行家庭联产承包责任制，用当地通俗的话来说，就是不再实行集体大锅饭了，而是要搞单干了。

其实，单干的说法只是抓住了当时农村改革的主要变化部分。当时，在农村还有一些不适合农户承包经营，或者农户不愿意承包经营的生产项目和经济活动，诸如大型农机具的管理使用，以及大规模农田改造和基础设施建设等等，仍旧由集体统一经营管理。也就是说，当时的改革是比较全面的：以农户家庭承包经营为主，村民委员会提供服务的双层经营体制。单干是当时最重要的变革，但是正是由于长期以来对单干重要性的片面强调，我们后来的发展中忽视了村集体提供服务的重要性，以至于逐渐形成了后来农业差、农民散、农村乱的局面。

万事开头难，好事连着来。国家又在 1979 年把统购价格提高了 20%，农民超购加价 50%。几年后，国家又废除了统购统销制度，改为合同订购与自由出售相结合的"双轨制"，粮食和油料实行合同订购，合同订购之外的粮食由农民自行处理。此后，国家又调减了合同订购任务，扩大了市场议价收购比例。同时，国家又逐渐放开了猪牛羊肉、鸡蛋、水果、蔬菜等农产品，放开了集市贸易。允许农民单干再加上这一些利民举措，农民的种粮积极性被空前地激发了，包括粮食在内的农产品产量大幅度增长，甚至

1984 年和 1988 年出现了卖粮难的现象。

1978 年这场在农村拉开序幕的改革，引发了中国农业、农村、农民翻天覆地的变化。40 年发展历程表明，这场从农村开始的改革也成就了今天中国经济社会的繁荣昌盛。

我当时生活的村庄，彻彻底底感受到这场改革的变化，虽然相对迟了一些。当改革春风吹进村子时，已经是 4 年之后的 1982 年了。

改革之前，还没上学的孩子，几乎天天无所事事，春夏秋冬一年四季都在村子里到处乱窜。已经上小学和初中的孩子，在农忙时间，会根据学校和村里的安排去生产小队劳动。其实，孩子们的劳动时间都不长，劳动强度也不大，主要是捡拾落在地里的麦穗和豆粒，或者落花生之类的简单农活儿。学生们的劳动基本属于义务劳动，没有报酬。当然，也有运气好的时候，那些慷慨点儿的生产小队，会买些几分钱的本子、铅笔或橡皮之类的学习用品，在学生们劳动结束的时候，奖励给干活的学生，人手一份。当时，对于学龄前和上小学、初中的孩子而言，农活儿似乎永远是大人们的事情，偶尔去生产队里帮忙，似乎还是件挺快乐的事儿。

有时候，学校会在农忙的时候放假。年龄稍大一点儿的孩子跟着大人一起到生产队里下地，一天下来，也能挣一两个工分。秋收季节，一般在中午或者下午收工后，大人们通常会找个空旷地带，拢一大堆干草和秸秆，燃起熊熊大火，然后扔进去好些土豆和地瓜烧烤。火候合适的时候，赶紧用土把火堆埋起来。不出半小时或一小时，烤熟的地瓜和土豆就香味四溢。等把地瓜和土豆从火堆里翻出来，孩子们来不及弄干净上面的灰土，也丝毫不顾烫嘴，就迫不及待地狼吞虎咽起来。有时候，偷吃粮食的野兔突然受到惊吓，慌不择路跑到众人面前，大人们会立刻形成包围圈，跟随主人上山的家狗也都颇为热情，主动参与围捕。多数情况下，野兔会成功逃脱，大人、小孩和狗会颇感惋惜地悻悻散开。那些命苦的野兔，逃脱不了大人、小孩和狗的围追堵截，还在垂死挣扎的时候就被扔进火堆，不一会儿就成为大家嘴里的美食。狗儿也会不停地摇着尾巴，知趣地绕在人们的周围，眼巴巴地等着人们吃剩下的骨头。

农忙特别紧张的时候，劳动力根本来不及回家吃午饭，生产队就把做好的饭送到田头。多数情况下，生产队的饭菜要比自家的好吃，大人们也往往非常照顾我们这些小孩子，把为数不多的肉末和肉块挑出来，放到孩子们的碗里。既能打牙祭，又能分享一大堆人聚在一起的乐趣，这大概也是孩子们热情参加集体劳动的主要原因吧。

女人们通常不算整劳力，往往只算半个或多半个劳动力。女人们干的农活当然也相对轻松些。所以，当孩子们参加集体劳动的时候，基本上都被分在和女人们一组。一些女人嘴巴上的功夫相当了得，时常拿我们这些小孩子们取笑，弄得孩子们个个大红脸。总有那么几个特别活跃的已婚女人，时常隔空开远处男人们的玩笑。干活偷懒惜力的，或者显得文雅或懦弱的未婚男人，经常会成为女人们取笑的对象。被女人们取笑的男人，多数情况下都会保持沉默，置若罔闻，一声不吭。他们深深知道，一旦应了这些女人们的话，就钻进了这些女人们设好的圈套，这些女人就会变本加厉。一旦惹恼了这些女人，男人们就免不了受一顿皮肉之苦。也有些男人只是干呵呵地傻笑，或者低着头偷偷嘟囔几句，以示回应，别人也听不清他们在说什么。有时，被取笑的男人耐不住喜欢看热闹人的怂恿和鼓弄，冒失地顶撞几句。多数情况下，这几个女人会突然结伴跑到男人阵营里，武力讨伐顶撞和怂恿别人的男人。男人基本上都不敢还手，任由女人们宰割，或被女人们用泥土涂成大花脸，或被女人们七手八脚地按倒在地，手脚并用踢打一通。只要不太过分，队长和多数围观的男人们也乐观其成，一笑了之，丝毫不加制止，甚至有时会落井下石。有了女人们的玩笑，有了女人们隔三岔五欺负男人的小插曲，令人厌烦的劳动气氛会变得活跃起来，男人们干活时也会更卖力一些。

在大多数的情况下，生产队的农活似乎也不太忙，似乎没有那么紧张，当然抢种和抢收的时候除外。基本靠天吃饭的农业，碰上连日的旱涝后，必须尽快抢种和抢收，否则一年的收成就没有了。当时，外出务工和家庭副业还不被官方允许，家家户户主要以农地为生，村子里成年人都要参加生产队的集体劳动。除了少部分农活可以依靠机械和畜力外，大多数耕地播种收获的环节都依靠人力完成。根据季节和农活的需要，生产队队长和队干部会给大家布置任务。众所周知，集体劳动，近乎绝对的平均分配，有很多弊端。农业劳动不易监督，出力和不出力不太容易看出来。努力干活的和不努力干活的，最后得到的分配也没有本质差异。这样一来，不愿意努力干活的人多了，变着花样偷懒的人多了，大多数人就都不努力干活了。当然，也有一小部分人干活十分卖力，得到大家一致好评，但毕竟只是少数。

集体干农活的体制，被称为吃大锅饭。吃大锅饭，最初意指人民公社时代以生产队为单位的集体生活，尤其是集体一起吃饭，后来，集体生活难以为继，又改为村民各回各家吃饭，但集体生产和集体分配的方式仍然保留下来，大锅饭的名称仍然延续使用。在吃大锅饭的时代，化肥、农药、药械、耕畜器具、中小农具、农用塑料薄膜，在当时采用统一计划、统一分配的方式到达生产队，这些农业生产资料全都是集体的，队员们对生产资料的节约和爱护也不见得用心。

在吃大锅饭的时代，既然大多数人干活的积极性都不高，自然大锅里的饭也就不多，分到每个劳动力和每个家庭的收成也就寥寥无几。

等到生产队分配一年或一季收成的时候，家家户户老老少少都会涌向生产队队部。当然，并不是因为分的东西多需要这么多人来取，而是因为分配收成的场景非常热闹。有不少好奇的人，就是想看看别人家分了多少东西。其实，大家也只是表面上好奇而已，在按人头和劳动出工的分配体制下，每家每户应该分多少，每家每户会分多少，都几乎已经是公开的秘密了。

把自家分到的东西拿回家后，少不了当天就会立即改善一下伙食。先前借了别人家粮食的，该还的也要还了。剩下的粮食，每个家庭都会反复地、仔细地盘算着，算计着如何节俭度日才能维持到来年再分配的时候。

我所在的村了，不论是 1978 年还是现在，就全国平均水平而言，在全国都应该属于中等偏上的。现在回想起来，尽管当时我年龄较小，有些事情还不太懂，但总是感觉家里的人均收入达不到 134 元的全国平均水平，现金收入也达不到 56 元。当然，也可能是家长节俭度日，瞒着而不告诉小孩子们实况的缘故。我们现在的为人父母者，不是也经常这么做吗？但无论如何，当时家里的情形可谓捉襟见肘，食不果腹，衣不蔽体，家徒四壁，我丝毫想象不出当时父母把钱藏起来不花的理由。我现在还不时涌出想去问问父母当时真实情况的冲动，但又怕这些与他们现在的生活已经没有紧要的问题，会勾起他们对苦难日子的回忆，于是就一次又一次打消了这个念头。

在吃大锅饭的时代，村里每家每户还分到了一块儿"自留地"。自留地的面积不大，充其量也就 2～3 分，150平方米左右。自留地主要用来种植蔬菜之类的作物，所有产出都归自家所有。由于自留地里的产出完全归自家所有，所以家家户户在自留地里干活的热情特别高涨。在生产队里没有农活的时候，或者一早一晚的时间，自留地里到处都是忙碌的身影。集体干活时偷懒的，不出力的，在自家的自留地里似乎总有使不完的劲儿，自留地的收成自然也不会错。

自留地的产量尽管高，但毕竟面积太小，与全家人所需相比，可谓杯水车薪。饥饿，吃不饱饭，是农村集体大锅饭时代难以避免的结果。不仅大人吃不饱，孩子们也在所难免。孩子们跟着大人去自留地里干活的热情都非常高，最主要的原因就是去自留地里能蹭到一些吃的。去自留地里干活，能吃到新鲜的黄瓜、西红柿、茄子、豆角之类，不仅解馋也止饿。生吃黄瓜和西红柿，历来不足为怪。但对现在的很多人而言，生吃茄子、长豆角和四季豆，简直就是不可思议的事情。现在大家都开始讲究了，说这些东西生吃有毒，对身体不好。但在吃不饱饭的年代，对又馋又饿的孩子而言，有茄子、长豆角和四季豆糊口，难道不是一件很幸福的事情吗？

在生产小队的土地上种什么作物和种多少之类的决策，大多由全体成员集体讨论决定。通常情况下，生产小队的队长会发表主要意见，供大家讨论。有时候，队长的意见也难免遭到反对和引起争议，争议的焦点主要是围绕多种粮食好还是多种经济作物好的问题。因为农产品价格和市场价格有很大差距，所以家里人口多的，自然愿意生产小队多种粮食，否则，粮食不够吃的时候到市场上买要多花很多钱。当然，最后的决策主要还是由生产小队的队干部商量确定。

生产小队的队长由全体队员选举产生，选举由生产大队来主持。选举前，大队往往会先提出倾向性意见，供大家参考。生产小队的队长一般都是由大家公认有能力的人担任，但难免也有些队长内心自私，暗地里和会计勾结贪占集体的便宜。

当然，1978年前的生产小队也会在不违反大政策的前提下，采取一些变通做法调动农民的生产积极性。当时条件下，生猪和鲜蛋仍被国家列为统购统销物资。但是，农村家家户户都有养猪和鸡鸭鹅兔的积极性。散养这些家畜，可以充分利用作物秸秆和山上的青草野菜，甚至吃剩的饭菜，未必需要占用农民的口粮。所以，当生产队养的猪下的小猪仔多了，有些队员就可以领回家养。如果想要的队员数量多，小猪仔不够分，就实行抓阄。等小猪仔养大后，村民就交回生产队，由生产队统一卖掉。生产队在扣除小猪仔的成本后，把剩余的钱返还给养猪的农户。

1978年之前，国家向生产队征收其粮油产量的15%。当然征收价格要远远低于市场价格。1979年4月，国家大幅度提高了粮油的收购价格，其中粮食平均价格提高了20%，油料价格提高了25%，超购部分再在新价格基础上加价50%。所以，生产队的收入开始大幅度增长，大家的劳动积极性也显著提高，分配到每家每户的收入也开始显著增长。

尽管村里实行单干的时间已经是1982年了，但从1978年开始，农村生产的水产品、瓜果和蔬菜已经可以自由上市了，尽管价格还没有完全真正放开，但毕竟市场调节的作用已经开始发挥，村民的日子开始有了起色。

二　开始单干了

农村的好日子终于还是来了。

在我上小学三年级的一天晚上，大人们饭后围在一起聊天，说是上面终于同意开始"单干"了。单干，就是说大家不再集体一起干了，也就是把生产队的集体土地分到每家每户。分到各家土地上的产出，按照一定比例上交国家和集体之后，其余的都归各家。

村里确定了要单干之后，就开始先把土地分到各家各户，接着把村里的生产资料，包括牛马驴和骡子，以及手推车之类的农具也分到各家各户。

当时，国家尚未统一规定土地承包的期限，周围各个村庄/生产大队的土地承包期限各有差异。各生产队当时还保留了一部分土地作为机动地，主要就是用于分给将来的新生婴儿和新嫁过来的媳妇。村民娶妻生子的时候，都理直气壮地向村里要地。一时还没有分出去的土地，村里就承包给出价最高的村民。即使到了1998年二轮土地承包的时候，生不增死不减的政策仍未全面执行。土地承包到户后，因为无力负担缴纳公粮提留和名目繁杂的费用，部分农户放弃了土地承包，或者转给其他农民。谁料想，后来国家不仅取消了农业税及其他费用，还对种地农民进行补贴，先前放弃土地的农民又开始不乐意了，纷纷要求收回土地承包权，甚至一些地方还引发了一些小的社会冲突。

土地离村子的位置有远近不同，土壤的质量也有好坏之差，灌溉条件也有便与不便之分，土地上适合种植的作物也不一样。尽管平日里大家都友好相处，邻里和睦，但土地毕竟是农民的命根子，所以土地分配时，每家每户都不愿意让别家占了便宜，都不愿意最后吃亏的那个是自家。乍一听起来，分配土地似乎还是个挺复杂的事儿。但实际上，农民的办法很多，分配土地的过程并不复杂。村里每家每户都十分熟悉集体土地的情况，在分配过程中不可能出现明显的猫腻儿。在生产队干部的主持下，或者把村里德高望重的老人抬出来，土地分配工作几天内就完成了。分配时，大家都想要质量好的地块儿，那就每家都有份儿；质量中等的地块儿，也大多平均分配到各家各户；质量参差不齐散落在各处的地块儿，就先根据往年的产出情况进行折算，比如差一点儿的两亩折一亩，折算完后再分到各家。每个待分配的地块都有编号，大家抓阄分配。这样下来，几乎家家户户都分到约 10 块地，离家远近各不相同，土地质量各有差异。

土地分到各家各户以后，农户就和村集体签订了土地承包合同。上交国家集体的农业税和提留，都以承包合同面积而不以实际面积为准。但因为分配土地时，质量有好坏差异的土地有了折扣之说，农户到手的实际面积和承包面积就有了数量差异，有时差异甚至高达 30% 以上。当时，这一差异似乎理所当然，并没有引起太多关注，也不需要关注。但后来到了 2004 年，国家取消了农业税，开始对农业实行补贴。因为种粮补贴往往按照面积发放，两者之间的差异还是引发了一系列争执，农民要求按照实际面积进行补贴的呼声很高。

分配农业生产工具也比较顺利。能够做到平均每家一份的，大家都抓阄领取。当然，农具也多多少少有好坏之分，也有用起来是否顺手之异，但分配规则大家都同意。抓到了称心的，农民会格外高兴一些；抓到了不称心的，农民也就顶多牢骚几句。做不到每家一份的，就采取拍卖的方式，出价高者得之。拍卖所得，集体留一部分，其余的均分到各户。生产小队的一些牲口和大型农机具被集体卖了，收入归了生产小队，或者交给了大队。既然没有发到农民手里，一些农民就认为这些钱去向不明，怀疑被生产队的干部贪污了，相互间嘀嘀咕咕了很长一段时间。殊不知，这部分收入大多用于支付了单干之后村干部的工资和必要的公共支出。

尽管土地和农机具的分配难以做到绝对公平，有些村民多多少少有些不满和牢骚，但也就是一时嘟囔几句而已。因为实行了单干，家家户户，无论是大人还是孩子，每个人都对未来的生活充满了希望。

土地分配到户后，相邻农户的地块之间就要划定边界。通常情况下，各家都会主动让出一部分土地作为边界，或是一条长长的地垄，或是一条便于通行的小道儿。由于村风朴实，邻里融洽，所以边界争议不大。间或也爆发了零星的小冲突，地界相邻的双方抱怨对方占了自家便宜。但这种冲突，充其量也就是互相牢骚几句而已，顶多邻里几天不说话，不日又和好如初，无伤大雅。

尽管知道单干比吃大锅饭好，但在孩提懵懵懂懂的时代，究竟单干和吃大锅饭之间有多大差异，我当时还不甚明了。但随着家里农活的增多，我确确实实感受到单干和吃大锅饭的真正不同了。

三　苦乐交织的农活儿

家里分了 10 亩多地，哥哥们在县城里做临时工，平日里难得回家一趟。家里的农活就主要依靠父母了，当然还有我。我当时还只是一个 10 岁的孩子。村里大多数和我一样年龄的孩子，尤其是男孩子，逐渐开始成为家里的主要劳动力了。

翻地是重体力活儿。家里没有牛马等耕地的役畜，我和妈妈力气都不够，无法深翻土地，所以几乎所有翻地的活儿都主要靠父亲一人起早贪黑完成，我和妈妈间或参与。其他环节，从播种、间苗、补苗、追肥、除草、打药、收割、运输、晾晒，到最后的出售，我和妈妈也就都是主力了。

要干这么多的农活自然很辛苦。除了冬天以外，一年中其他时间都几乎不得闲。当然，农忙之际和农闲之际，都可以领略到乡间美景。春天的风景秀美自然不必待言，4月的杏花、桃花、梨花争相绽放，美不胜收。10月中下旬，树上的叶子开始变红变黄，绚烂多姿。11月中下旬，树叶开始脱落后，孩子们三五成群地争相捡拾树叶，把捡到的树叶用细绳串成长长的一串，互相炫耀。

一年之计在于春。春节过后，通常刚刚过完正月十五的元宵节，大人们就带领孩子们开始干活了。正月期间的北方，依旧天寒地冻，一时还无法翻地，但家里积攒的农家肥得提前运到地里，以免开春化冻后农事太多，忙不过来。地里缺了农家肥，土壤里的有机质就不足，土壤就容易板结，地力下降，从而影响收成。所以，对靠种地为生的村民而言，农家肥也是一宝，种地时不可或缺。农家肥运到地头后，还要再分送到地里的各个角落，以减轻农忙时的负担。

开春化冻之后，或者上一季庄稼收获之后，农民就要开始翻地了。地翻得越深，庄稼就长得越好，收成也就越好。所以翻地时，村民都特别卖力，丝毫不会惜力。

对少数有牛马等役畜的农户而言，翻地的活儿就显得轻松多了。翻完了自家的地后，家里有役畜的农户还会帮着邻居翻地。但是，养役畜需要的花费可不少，一个年头下来，仅仅牲畜吃草料这一项就折合不少钱。况且，牲畜也免不了会生病，给牲畜看病治疗也要花不少钱。一年之中，农民用役畜干活的时间也不多，役畜大多数时间都处在闲置状态，光吃草不干活。加之帮其他农民干活时，这些村民也不好意思收邻居的钱，所以养役畜基本上就是个赔本的买卖。渐渐的，村里的役畜就被卖光了，或者被杀光了。

镢是村民翻地时的最主要工具。翻地时，要高高举起镢头，双臂抡圆了重重地刨进土里，再用力向自己的方向拉。数个回合下来，也只能翻一小块儿的地。往往不到十几分钟，刨地的人就开始感到腰酸腿疼双臂发麻了。尤其是手掌，因为要用力紧紧握住镢柄，很快就磨起了水泡。当水泡破裂之后，手掌再用力握住镢柄翻地的时候，特别是刨进土里受到震动挤压的时候，会钻心的疼，疼得令人龇牙咧嘴。抡起的镢头上经常粘着泥土，当被高高举起的时候，泥土就会散落在头上，脸上，脖子里，衣服上，整个人灰头土脸。

有些土地松软，翻地的时候就相对轻松，有时甚至也可以用铁锹来翻。非常结实的土地，翻地的时候就困难多了，花费的力气就格外大些。有时，碰到特别结实的地方，还得用镐头才行。土地翻完后，还要进行平整。等土地平整完后，就意味着最费力气的农活已经暂时告一段落了。

所以看着平整后的土地，有时会让人莫名其妙地感觉到格外亲切。

播种的时候，大人们主要负责打垄，或者负责挖沟，孩子们则按照大人的吩咐撒上种子或者栽上幼苗。碰到干旱的时候，就需要到远处的小河沟先挑水过来，然后逐棵逐棵地浇水。挑水的活儿，很多时候依靠孩子们上阵。一个个 10 岁左右的孩子，也就一米多高的个子，肩上挑着两个 20 公斤左右的水桶，头顶烈日，步履蹒跚行走在崎岖的山路上，是播种季节最常见的一幅景象。由于我个子矮，体力也不够，水桶会不时碰到路上的石块或路边的草丛，溅出好多的水来，往往还没到达自家田头的时候，桶里就只能剩下半桶水了。有时一不小心，甚至会摔倒，桶里的水就几乎全洒了出来。这时，也只能偷偷抹掉眼泪，返回去重新再来。一天下来，来来回回要挑几十趟，肩膀红肿，腿脚酸痛。孩子们在挑水时，一路上会不时碰到大人，大人们会经常表扬孩子们几句，夸孩子们有多么多么得能干，孩子们听了满心欢喜，立刻昂首挺胸。大人们无意间的几句好话，确实神奇，孩子们听了后顿感肩上的担子轻了不少，脚下的路也变得平坦了许多。

当禾苗还只有几厘米高的时候，地里的杂草往往最多。用锄头除草的时候，一不小心会就把禾苗一并除掉，还得重新补苗。有时候，体力不支和不小心，锋利的锄头会割伤腿脚。地头或者山坡上到处长满了可以止血的野菜，孩子们把采到的野菜搓一搓，或者放进嘴里嚼几下，然后涂抹到伤口上，受伤处基本就无大碍了。当禾苗长高了的时候，尤其是当玉米长到比自己个子还高的时候，田间除草就是一件极为痛苦的事情了。玉米叶子有锯齿状的边缘，十分锋利，经常会划破脸上的皮肤，胳膊和腿上的皮肤更是不可幸免。往往一畦玉米尚未锄完，浑身上下就已经布满了数道长长的伤口。茂密的玉米地里十分闷热，热得几乎令人无法呼吸，不一会儿就大汗淋漓。沾满了汗水的伤口又痛又痒，火辣辣的。更甚者，当前前后后左左右右只有自己一个人的时候，四周寂静无声，脑海里突然就会涌出大人们讲的鬼神故事，让人感到莫名的恐惧。间或传来的窸窸窣窣的响声，更令人毛骨悚然。

那时候，农业基本上依靠雨水灌溉，农民也就基本上靠天吃饭。风调雨顺的时候，五谷丰登，六畜兴旺；旱涝肆虐的时候，就可能万物凋零，颗粒无收。吃饭既然主要依靠老天，老天当然就是百姓心中的爷了。所以，村民在日常交谈中，不论是大人，还是小孩儿，都时常把老天爷挂在嘴边儿。

我所生活的村庄，年平均降雨量在 700 毫米左右，但一年之内的降雨量分布极不平衡。汛期一般在 6 ~ 9 月，这期间的降雨量可以达到 500 毫米左右，占了全年的 3/4。大雨暴雨也多集中在这短短的几个月，其时暴雨骤至，由于河水源短流急，极易导致洪水泛滥，酿成洪灾；1 ~ 5 月正是播种季节，但是降雨量较少，通常年景只有 100 毫米左右，用"春雨贵如油"来形容一点儿都不过分。

不仅一年之内的降雨量差异大，年际间的波动更大，旱灾涝灾都时有发生，严重影响了村里的农业生产和生活。但相比较而言，还是旱灾的威胁最大，几乎年年都有。影响冬小麦生长的春旱十年九遇，春播春旱十年两遇，春末夏初的旱灾（5 月下旬至 6 月中旬）十年三遇，夏初的旱灾（7 月初后）十年四遇，伏季的旱灾（7 月中旬至 8 月上旬）十年二遇，秋旱（8 月中旬至 9 月上旬）十年三遇。所以，旱灾是村里最主要的自然灾害。

1981 年的旱灾极其严重。那一年，全县 6 条主要河流全部断流，河道干涸，塘坝和水库水位大幅下降，大部分干涸见底。这一年村里的粮食大幅度减产，平均亩产比 1980 年减少 100 多公斤。1982 年的旱灾更是百年未遇。由于当地 1978 年以来连续干旱，村子周围的大小河流全部断流，水库干涸见底，地下水位下降了 5 米之多，靠井水生活的村民吃水都变得十分困难，甚至要到十几公里以外的地方取水。村里的小麦几乎绝产，一半以上的人口夏粮不足30公斤。

干旱既然是常态，抗旱就变得十分重要。旺苗期的庄稼，需要的水也特别多。当时条件下，一些农民迫不得已只能依靠肩挑手提来抗旱，但大多收效甚微。初期，村子里还有几个像模像样的水库。那些距离水库较远的农田，碰上干旱的时候，根本就指望不上水库的水，当周边的河流断流了，地里庄稼的死活和收成的多少就只能听天由命了。完全绝收的时候虽不多见，但却经常出现收成只及平年两至三成的情况。靠近水库的农田，情况往往要好一些。但由于用水的农户太多，在多数情况下，村民排队等候灌溉一直要持续到深夜。在深夜里灌溉农田，既要忍受迷迷糊糊的困意，还要打起精神看护水流。毕竟浇水是按时间来收费的，既要浇得均匀，又不能让水流到别人家的地块，片刻也不能大意。当水库的水被抽干了，如果干旱还在持续，水库周围庄稼的死活也只能完全听天由命了。毕竟水库完全被抽干的时候不多见，极其严重的干旱也不是年年都有，所以村里一直都没出现普遍严重饥饿的情况。碰到局部干旱的时候，左邻右舍都能互相帮助，不至于出现饿死人的情况。

当水库的水被抽干的时候，干旱所带来的也不尽全是痛苦。水库里大大小小的鱼虾很多，有时还会有几十斤重的大鱼，甲鱼之类也不少。这时候，村里的男女老少齐聚库底，争相捉鱼摸虾，忙得不亦乐乎。库底捕鱼的一时行乐，多多少少会冲淡一些干旱带来的烦恼，不经世事的孩子们则会完全忘却干旱的事情。捕到的鱼虾带回家里，也会改善家里人一两天的生活。捕的多一些的家庭，会邀请邻居们一起享用，或者分一些给那些捕获少的家庭。如果有人显得太小气，霸占太多，会被村里人嘲笑和孤立，所以基本上大家都是见者有份，都能够多多少少分享一些库底的鱼虾。捕鱼时卖力的，多半是为了乐趣和卖弄，那些捕到大鱼和捕鱼多的村民，自然也会得到大家的称赞和恭维，大家一起享用的时候也往往有优先权和话语权。

单干之后，村里的几个水库都先后被村民承包养鱼了。碰上干旱季节，承包水库养鱼的村民就开始计较灌溉水量了，毕竟灌溉收取的水费太少，无法和养鱼收入相比，所以水库抽干的情况就不再出现了，再也没有全村一起在库底捕鱼的热闹场景了。

记得有一年，干旱也相当厉害，承包水库的村民不许附近的农户抽水灌溉，眼看着庄稼几乎要绝收。按理来说，在当初分配土地的时候，靠近水库的土地数量和水库的存在是密切相关的，承包这些土地的农户认为从水库抽水灌溉是天经地义的事情。眼看浇水无望，平日里友好的邻里，也开始不顾情面撕破脸皮了。不知是哪家或者哪几家终于忍无可忍，趁天黑时在水库里撒了几把农药，报复承包水库的村民。一夜之间，水库里的鱼全死了。承包水库的村民号啕大哭，毫无目标地把别人祖宗骂了十八代，骂声连日不绝。毕竟买鱼苗和养鱼投入不菲，大多数村民还是多多少少有一些同情心，就纷纷安慰他几句。尽管大多数村民表示了同情之心，但大多数村民还是认为水库的水本来就是用来灌溉浇地的，心里还是对不许抽水灌溉的做法不满，一部分人甚至对水库投毒行为暗地里表示了赞赏，听起来颇有些解恨的感觉。既然大多数村民没有对投毒行为同仇敌忾，所以村里也懒得认真追究，最后不了了之。承包其他几个水库的农户，或许受此影响，或许是出于良知，都在适当范围内允许附近的村民抽水灌溉。这些水库附近的村民也大多体谅承包水库的农户，抽水的时候大都适可而止。大家相互体谅，各让一步，倒也相安无事。

四　酸甜苦辣的收获

按理来说，收获应该是所有农活中最令人快乐的。其实，收获过程中所要付出的艰辛，丝毫不亚于其他农活儿。收获小麦是最累人的。女人生小孩坐月子很辛苦，这可能是村里人所知的最辛苦的事情，所以，村里都说收获小麦的辛苦和女人坐月子的辛苦有一拼。其实，如果村民知道还有比女人坐月子更辛苦的事情，一定会把收获小麦的辛苦与其等同起来。

收获小麦时，适逢雨季，容不得丝毫耽搁，必须尽快收割完毕。否则，碰上连天阴雨的话，麦子就可能发芽，这样一来，辛辛苦苦大半年的劳动就几乎全白费了。对我而言，只要有人提到抢收，我脑海里立即涌现出的场面就是小麦的抢收。收获小麦时，如果没有机械，就只能一直弯着腰用锋利的镰刀一把一把地收割，往往不到一刻钟，就感觉到腰酸腿疼。那种说不清道不明的酸痛，至今想起来还心有余悸。工欲善其事，必先利其器。收割小麦的镰刀必须十分锋利，否则根本就割不断麦秸，也影响收获的进度。由于收割时镰刀要面对着自己，一不小心割伤大腿的情况时有出现，握住麦秆的手也经常会被镰刀割伤。镰刀十分锋利了，所以只要是被镰刀伤到，大都伤得非常厉害，半个手指头被几乎切掉的情况时有发生。留在地里的麦茬也是伤人的利器。捆扎小麦、移动麦捆和捡拾麦穗时，都要在地里不停地走动，稍不留意，麦茬就会扎透脚上的鞋，深深扎进脚底，鲜血直流。

收获大豆和收获麦子时的情况差不多，只是还要格外小心些，免得把豆荚弄破。豆荚一旦被弄破，豆子就会散落到地里，一粒一粒地捡起来相当麻烦。收获玉米则相对轻松一些，不必弯腰就可以把玉米棒子掰下来。尽管砍玉米秸时也要弯腰，同样也要用锋利的镰刀，但因为不用太赶农时，所以就比收割麦子从容多了。而且，玉米的株间距相对较宽，尽管留在地里的玉米茬更加锋利，但只要稍加注意，就可以避免受伤。

收获地瓜和土豆时花的蛮力要多些，需要刨很深的土才可能完整取出地里的地瓜和土豆。通常情况下，无论怎么仔细，总难免有一些地瓜和土豆会落在地里。等到农闲的时候，村民还会再仔细地把土地重新翻一遍，常常会有意外惊喜和收获。收获花生用的力气则少多了，一则花生主要种在松软的土里，二则花生埋在地下不深。但花生个头要小一些，容易落在地里，所以收获时要格外认真些。

在地瓜收获之后，大多数农户还要把一部分地瓜晒成地瓜干，因为晒干后的地瓜干宜于储存。在秋高气爽的日子，村民就把从地里刨出来的地瓜直接切成了地瓜干，晾晒在刚刚收获后的地里。切割、摆放、收集地瓜干的活儿，基本上就都归村里的妇女、孩子和老人了。由于大家收获时间都差不多，所以适逢收获地瓜的时候，漫山遍野几乎都是白花花的地瓜干。秋季雨水不多，晴天居多，不出四五天，地瓜干就基本干透了，可以收起来运回家了。碰上天公不作美的时候，尤其是晚上，如果突然下雨，就必须把还在地里晾晒的地瓜干捡起来，堆放到一起，然后用塑料布遮盖起来，以防雨淋。否则，淋了雨水的地瓜干就会霉烂，收成减少，村民就要饿肚子。所以，当看到快要下雨的时候，村民就开始大呼小叫起来，一边互相催促着，一边飞快地奔向地里捡拾地瓜干。如果是深夜，捡拾地瓜干时要靠手电筒来照明。届时，漫山遍野的手电筒光晃来晃去，此起彼伏的呼喊声不绝于耳。手脚麻利的，人手多的，已经收完了的人家，也会帮助那些未收完的人家。当然，那些人缘好的人家，得到的帮助也会早些和多些。人缘不好的人家，得到帮助的时候自然也会晚些、少一些和不情愿一些。毕竟是乡邻，一家有难的时候，大家都会伸出热情的双手。所以，下雨抢收地瓜干的时候，全村几乎倾巢出动，全都浑身上下湿漉漉而归。秋天的深夜，本来就清冷，天又下着雨，下雨时往往又带着风，那种刺骨的凉风，夹杂着细雨，吹在匆忙之际身着单衣的身上，令人瑟瑟发抖，深夜本有的困意荡然无存，令人格外清醒和感觉清冷。那种清冷，比冬天的暴风雪还更令人感到寒冷一些。那种漆黑清冷风雨交加的深夜，如果不是因为山上的人多，一定会让人顿生凄凉落魄之感。

收获花生和地瓜时还有格外的乐趣。刚刚从地里刨出来的花生口感非常好，干活累了的时候，坐下来吃上几颗很是享受。地瓜也可以生吃，尤其是红瓤的，吃起来又香又甜。收获大豆时的乐趣，则在于从地里挖豆虫。豆虫以大豆的叶子为食，当豆子成熟的时候，豆虫就会钻进地里开始冬眠，准备来年化蛹成蝶。豆虫吃了豆叶以后，排泄出黑色的粪便。多数情况下，豆虫只在附近的几颗豆秸上活动，当其准备冬眠时，也就钻进这几颗豆秸附近的土里。沿着豆虫粪便的踪迹，很容易把它从土里挖出来。一天下来，在收获豆子之余，可以挖到几十个乃至上百个豆虫。

由于钻进土里的豆虫已经完全排完了粪便，带回家之后只需简单清洗一下表面，稍微进行加工后，豆虫就可以下肚了。村民或者用火烤着吃，或者用油炸着吃，或者用来做汤，百吃不厌。

秋收之余，也是逮蝗虫最好的时候。蝗虫，当地俗称蚂蚱，主要以植物叶子为食，有大大小小许多不同的种类。秋天之前，蚂蚱肚子里的粪便多，几乎无法食用，所以基本上都用来喂猫和小鸡小鸭。等到了秋天，尤其是秋高气爽的时候，蚂蚱排完了体内的粪便后，就开始在松软的沙土上产仔。蚂蚱产仔的时候，半个身子会扎进松软的沙土，基本处于纹丝不动的状态，非常容易捕捉。运气好的时候，一个中午可以捡到上百个蚂蚱。蚂蚱仔特别好吃，秋天的蚂蚱，肚子里几乎全都是仔。烧火做饭时，把蚂蚱埋在尚有余温的灰烬里，几分钟后就可以闻到扑鼻的香味。

收获后的玉米、地瓜、土豆、花生等等，基本就可以直接弄回家里。秸秆扎成捆后，留在地里晾干，然后再慢慢搬回家。晾干后的玉米和土豆秸秆，可以用来生火做饭。地瓜和花生秧子，用铡刀或粉碎机弄碎后，可以用来喂猪和兔子。

收割后的小麦和大豆，则先要运到晒场。所谓晒场，其实就是一个地面相对宽广而又平整结实的地方。以前混凝土还比较少见，所以晒场基本上都是土面。以前生产队集体劳动的时候，每个生产小队都会选择一块位置方便地势平整的地块，把地面砸实，然后用碡子反复碾压，直至表层变得结实平整，作为晾晒和暂时堆放粮食的地方。单干以后，晒场大多保留了下来，没有分到各家各户，生产小队的成员都可以免费使用。除了晾晒粮食以外，晒场还是小麦和大豆脱粒的场所。

小麦和大豆脱粒之前，还必须要经过几天的晾晒。只有等麦穗和豆秸干透了，而且是在炎热的中午前后，麦粒和豆粒才容易脱出来。脱粒的时候，可以用碡子来回滚压，也可以用一种"连耞"的工具反复击打。连耞，主要有两部分组成。一部分是一根圆形的长木，2米左右长。另一部分是与其连接在一起的长方体。这个长方体，长30~40厘米，宽约15厘米，厚约2厘米，通常由3根圆形的短木并排组成，短木之间间隔1~2厘米。

用连耞脱粒是一件既费力又讲技术的活儿。用连耞脱粒时，需要用力高高举起连耞，再重重落下，用力击打麦穗或豆秸，如此反复不已，直至麦粒豆粒全部脱落出来。不出十多分钟，胳膊就累得如同灌了铅一般，只能停下来休息一会儿。稍做歇息，还得重新上阵。烈日，不仅仅曝晒那些秸秆儿，也曝晒正在辛苦脱粒的人，身上的衣服一会儿就湿透了，用挥汗如雨也已经无法形容当时的流汗情景。光着膀子，穿着短裤或挽起裤腿，是晒场上脱粒干活时最常见的装扮。头顶烈日，汗流浃背，一个中午下来，肩膀上后背上的皮肤就被晒得爆皮了。

随着连辘的一举一落，不时扬起片片碎末儿，飞舞的碎末儿飞到身上脸上，钻进眼睛里，给人以针刺般的感觉，又奇痒难耐。这时，恨不得把全身整张皮肤都撕下来，唯有如此，或许才能消除持续的奇痒和刺痛。等麦粒豆粒脱落出来，村民还要把麦粒豆粒和秧子分离。经过一遍又一遍的反复击打，秧子已经几乎全部变成了更细更多的碎末。这时，用木锹铲起混在一起的颗粒和碎末，然后高高抛撒到远处的空中，颗粒会垂直落下来，碎末则会随风飘散离去。当碎末飘舞的时候，总有一些会飞回来，粘在已被汗水湿透的身上和脸上，飞进眼睛里，头发上也会落满厚厚的一层，这些比先前更细的碎末，更令人刺痒，比击打时的刺痒更令人难以忍受。脱粒工作通常要连续几天才能完成。如果不是联想到填饱肚子的场景，一直要连续几天的脱粒工作，根本就无法让人坚持下去。

收获季节，晒场也是农村最热闹的地方之一。脱粒的时候，几乎家家户户都要到晒场上去，关系密切的邻居也互助合作，甚至一起分享各自带来的午饭。小孩子们也会结伴在草堆里疯闹，或者在粮堆里摸爬滚打，或者玩老鹰捉小鸡的老套游戏。跑闹中，一些孩子会不小心踩到豆粒或者其他的粮食颗粒，或者直直挺挺干脆利落地重重摔倒，或者摇摇摆摆前俯后仰地慢慢滑倒。尤其是当摔倒后，如果豆粒还搁在身子下面，孩子们就真是痛不欲生了。孩子们那副欲哭无泪的模样，经常引起大人和围观孩子的捧腹大笑，给炎热的晒场带来一丝凉意，也给枯燥的劳动增添了一些乐趣。

脱粒后，麦子和豆子通常还要在晒场上再晾晒几天。到了晚上的时候，大家还要把麦子和豆子堆起来，等待第二天再重新铺开晾晒。尽管村风良好，但大家还是担心晚上粮食有被偷走的危险，所以晚上还要在晒场里看护。晚上看护晒场基本上都是男人的事情。夜晚看护晒场的男人们，大都直接在地上铺一块草席，仰望着星空和衣而睡。孩子们喜欢凑热闹，不停地缠着大人，央求参加夜晚的看护活动，大人们通常也不拒绝，就遂了孩子们的心愿。夜幕降临时，晒场上的粮食和秸秆已经堆起来了，显得比白天时空旷了许多。孩子们在晒场上尽情地奔跑，疯狂地嬉闹，丝毫不用担心滑倒带来的皮肉之苦。大人们三三两两聚在一起，或窃窃私语，或者高声侃着大山吹着牛皮。有的会点上几盏灯，聚在一起玩会儿扑克，或者下上几局象棋。家里养的狗，也跟随主人一起来到晒场，高兴地参与看护活动。当一群狗凑在一起时，也难免发生小规模争斗，一个个面目狰狞，狂吠不已。如果惹恼了主人，主人们就厉声呵斥，大多数狗儿都会乖乖地低着头回到主人身边，大口地喘着粗气，一脸的无辜，温顺地趴在主人身边。

深夜的晒场上，万般静谧。偶尔传来几声响动，或是莫名其妙的几声鸟鸣，或是有人起夜时的索索响声。机警而又冒失的狗儿立刻会被惊醒，或呜呜作声，或汪汪大叫。等大人们确认相安无事后，一切又瞬间归于平静，死一般的寂静。每天晚上的晒场上，总有那么几次的闹腾，大人们都已经习以为常了，而孩子们睡得较死，基本不受影响，一觉天亮。

把地里收获的庄稼运到晒场，或者搬回家里，村民基本上都要靠肩挑手提或者用手推车来完成。有些地块所处的位置比较偏僻，或者有些路段无法使用手推车，就只能完全依靠肩挑手提了，或者肩挑手提到合适的地方，再换成手推车。用手推车搬运比较省力，一次搬运的量又大，所以家家户户都至少有一辆手推车。手推车只有一个轮子，所以也称独轮车。推着装载满满的独轮车，行走在崎岖不平蜿蜒曲折的山路上时，最讲究的是平衡。装载的时候，如果前后左右不均衡，或者山路高低不平，或者路段泥泞不堪，如果不能随时随地调整好前后左右的平衡，很容易在半路上翻车。上坡的时候，还需要有人在车前帮忙拉车。小孩子经常会跟随着大人，当车子倾斜的时候，孩子们就在边上扶一下，当车子爬坡的时候，孩子们就在前面拉一下，在关键时刻都能发挥重要作用。空车返回的时候，大人们会让孩子坐进空车里，免去一段走路之苦。尽管山路高低不平，坐在手推车上的孩子，根本不在意车子颠簸带来的不快，一直陶醉在短暂的逍遥自在之中。大人和孩子一路上说个不停。大人对孩子们的许多说教，都是在这种一起劳动时的场合里进行的。孩子们在享受快乐的同时，也更愿意听大人们的叮唠。父慈子孝，兄友弟恭，其乐融融！

运回家的小麦、玉米、地瓜干、大豆和花生等粮食油料作物，基本都储藏在用藤条编成的囤子里，或者木桶或者瓷缸里，或者大大小小花花绿绿的袋子里。也有的家庭把带皮的玉米棒子编成长长的一串，挂在屋檐下，或者挂在院子里的树杈上。

家家户户都有地窖。村民在盖房子的时候，通常会在自家房屋的地下事先挖好地窖。地窖一人高左右，地瓜、土豆、芋头等水分多的粮食，主要就储藏在这个地窖里。也有些人家，家里的粮食多，自家的地窖盛不下，也会把地瓜等储藏在原来生产队的地窖里。大包干后，生产队的地窖基本都闲置了，农户可以暂时借用一段时间。集体的地窖基本都远离村庄，又没人看护，把粮食储藏在里面还是多多少少有些令人担忧，所以，只有少数村民把那些不值钱的粮食暂时存放在那里。

　　大白菜和萝卜是村民过冬的主要蔬菜，所以家家户户都要种植一些。毕竟土地有限，对村民而言，粮食还是最重要的，可以没菜吃，但如果粮食不够吃的话，全家人就要饿肚子，那麻烦可就大了。所以，家家户户也不种太多的白菜、萝卜，只要能凑合着过冬就行。收获后的白菜、萝卜要储存起来，一直吃到来年春天。长时间储存白菜和萝卜，要求温度不能太高，又不能太低。温度高了，白菜就会霉烂，萝卜会脱水和长芽，白白受些损失。温度太低，白菜、萝卜就容易受冻，受冻了的白菜和萝卜口感很差，无法下咽。在白菜和萝卜收获后，村民就直接在地里挖一个很深的菜窖，把白菜和萝卜密密麻麻、整整齐齐地摆放在菜窖里，上面盖上厚厚的一层土。在需要的时候，就可以挖开菜窖取走一些。通常情况下，菜窖里储藏的白菜和萝卜可以一直维持到来年春天。

　　冬天大雪封山的时候，要准确找到自家菜窖的位置绝不是件容易的事情。有时，扒开地窖上面厚厚的一层积雪，又辛苦半天刨开了冰冻结实的土层，却发现根本就没找到自家的菜窖。有时偏离了大方向，一不小心就挖了别人家的菜窖，还得立马恢复原样，并赶紧去向人家道歉。甚至有时候，一时也弄不清楚挖开的是自家还是别家的菜窖，反正白菜、萝卜的样子都长得差不多。事后，等发现自己误拿了别人家的白菜、萝卜，不仅要登门道歉，还要挑自家最好的白菜、萝卜还给人家。这种情况下，对方大多也就一笑了之，并不会真的计较，也不会接受补偿。邻里乡亲之间相互帮助，相互谅解，本就是天经地义之事。在邻居家的白菜、萝卜快吃完的时候，村民也往往会主动送去一些。倘若因为邻居误挖了自家菜窖，误拿了自家的白菜、萝卜，而真的接受了赔偿，反而会遭到其他邻居们的耻笑。

既然承包了集体的土地，农户就要按照承包合同的规定缴纳农业税。农业税，俗称"公粮"，是国家对一切从事农业生产、有农业收入的单位和个人征收的一种税。在征收农业税的时候，国家还允许各地根据实际需要，在一定的比例范围内，附征一些税额，由地方使用，这就是所谓的农业税地方附加，简称附加税，也叫"地方自筹"。在集体生产的时候，国家以生产队为单位征收粮油产量的15%作为农业税。

村里从1982年开始实行单干，从1983年开始，原先由生产队缴纳的农业税，就变成以农户为单位进行缴纳了，税率还是15％。按照孟子的观点，仁政的标准是什一而税，也就是10％的税率。所以从历史上来看，15％的税率只能勉强算得上仁政。不管农业丰歉，农民都得缴纳这15％的税。其实，中国历史上在向农民征税的时候也有一些好的举措，比如春秋时期的齐桓公，两年征一次税，"上年什取三，中年什取二，下年什取一"，饥荒之年免征。可惜这些举措都是昙花一现。

除了农业税外，村民还要缴纳农林特产税，税率是6％。当村民的日子刚刚开始变好，又增加了一项要上缴的费用——"三提五统"。三提五统是村级三项提留和乡级五项统筹的简称。顾名思义，村级三项提留包括三项，即公积金、公益金和管理费，是村集体经济组织按规定从农民生产收入中提取的费用总称，主要用于村一级维持或扩大再生产，用于兴办公益事业，用于日常管理开支。乡级五项统筹是乡（镇）合作经济组织依法向所属单位（包括乡镇、村办企业、联户企业）和农户收取的五项费用，主要用于乡村两级办学（即农村教育事业费附加）、计划生育、优抚、民兵训练、修建乡村道路等民办公助事业的支出。

刚刚开始单干之后，村民的负担还只有农业税这一项，大家并没有感觉到负担太重，上缴农业税都比较积极，几乎没有拖延的现象。随着后来名目繁杂的税目越来越多，村民感觉到负担越来越重了，除去上缴给国家和集体的各种税费以外，农民就几乎所剩无几了，民怨开始渐渐升温。村民也搞不清各种名目税费之间的区别，只知道都是国家和集体要的，都是上缴给公家的，索性把这些所有的税费统统称为公粮。

起初，只有部分农户拖很久才肯缴纳公粮，也有的不足额缴纳，或者干脆拒绝缴纳。在这些农户中，有的确实贫困，长期入不敷出，无力缴纳；有的是因为连年歉收，收成非常差，不能足额缴纳；有的是因为心怀不满，牢骚满腹，有能力也拒不缴纳。渐渐的，其他部分农户发现别的农户虽然不缴公粮，但村里也没有对其进行惩罚，颇感自己按时足额缴纳公粮吃了亏，开始效仿，也拒纳公粮。

随着农民负担得越来越重，收缴公粮的任务也越来越困难。对于不缴公粮的农户，村干部会三番五次上门催缴。对那些未缴或不足额缴纳公粮的农户，干部们一开始苦口婆心，晓之以理；农户一开始也据理力争，诉说困难，动之以情。那时候，村里的大喇叭里也几乎天天都是催缴公粮的呼喊。胆子小的、或觉悟高的村民，大多早就乖乖按时缴纳了公粮。需要催缴公粮的，大多是被形容为"油盐不进"的主儿，所以干部们催缴公粮往往成效甚微，几乎无济于事。有时候，干群双方言语不合，互相责骂，甚至大打出手。

同时，乡村两级政府常常以农业税为载体，派生出更多令人眼花缭乱、不知所云的多项税费，甚至向农民强行征收。税负加重，拖延拒缴的村民就更多了。迫于上级压力，乡村两级干部常常诉诸武力进行强征，甚至雇佣地痞流氓强迫村民。村民稍有不从，地痞流氓们轻则上屋揭瓦，重则扒房打砸，甚至还闹出了人命，干群关系开始变得异常紧张。

其实，在中国历史上，在正税基础上不断加码的做法，屡见不鲜。自古以来，中国就以农立国，八九成的人口从事农业，农业税赋是国家财政收入的最重要来源。以汉代为例，汉代的政府设有三公九卿，"大司农"就是九卿之一，专司国家财政收入。农业之外的收入，包括山泽盐铁等等，都是小钱，由九卿之一的"少府"负责。大司农和少府都是九卿，都归三公之一的丞相管辖，各司其职。少府管的钱，是皇帝的私房钱，主要用于皇室的日常开支；大司农管的钱，是政府的钱，政府的一些开支，包括养兵打仗、官员开支、修路架桥、灌溉水利等等，几乎全部来源于大司农负责的田赋收入。可见，要维持国家运转和开支，农民占田缴纳田租天经地义。所谓的仁政与否，主要体现在税率的差异之上。什一而税算是仁政的标准，汉代实行三十税一，唐代实行四十税一，就更是王者之政了，至于汉文帝甚至一度取消田租，那就更是圣人之举了。汉唐两代总体轻徭薄赋，这也难怪后人为什么称颂汉唐盛世了。当然，农民除了要缴纳田赋，还要缴纳庸调。到了唐代第九位皇帝德宗即位的时候，干脆就把租庸调制改为两税制，把庸调一起合并到田赋之中，明代实行"一条鞭法"，其意也是如此。这些措施的本意，都是想减轻农民的赋税，可是到后来，政府的各级官吏根本就忘了或者故意忘了农民所缴纳的税赋已经囊括了各种名目的税费，又巧立名目变本加厉横征暴敛，农民不堪重负。明末清初的思想家黄宗羲把这种现象进行了总结，今人亦称之为"黄宗羲定律"。

进入 21 世纪不久，国家就开始实行了农业税费改革，取消了乡镇统筹费用、教育集资等专门面向农民征收的行政事业性收费和政府性基金、集资，屠宰税也取消了，农业税也降低到了 6%。村提留的征收办法也进行了改革，村提留改为按照农业税和特产税附加的形式收取，附加比例为 40%；村内兴办集体生产和公益事业所需资金和劳务，实行"一事一议"，规定一年内农民负担的一事一议资金不能超过 15 元，每个劳动力负担的义务工不得超过 10 个。

2004 年农业税率进一步降至 3%，紧接着，2005 年国家全面取消了农业税和两工负担。从 2004 年开始，国家开始对种粮农户进行补贴。尽管补贴数量不高，但是毕竟不用再上缴农业税以及其他各项税费，干群关系得到了显著改善。

农民上缴完了公粮，剩下的产出就都归农民自己了。村民日常生活里要花钱的地方很多，油盐酱醋要花钱，衣帽鞋袜要花钱，孩子上学要花钱，看病吃药要花钱，如此等等不一而足。刚刚开始单干之后，村里的劳动力还是主要围着土地转，务工收入极少，农民手里缺少现金，就只能靠卖粮食来换钱。所以，农民还要节衣缩食，把省下来的粮食拿到集市上去换钱。缴完公粮和扣除口粮后，剩余的农产品越多，农民可用来换钱的农产品也就越多，所以，在自己承包地上劳作的农民，根本就不需要催促和监督，农民丝毫不会偷懒，不仅投入的劳动时间多，劳动时也格外卖力，照顾庄稼也特别细心，所以土地产量增长很快。

国家和集体粮店的出价往往低于集贸市场，加之粮店的要求也比较严格，所以农民销售粮食的首选渠道是集贸市场。几乎每个村庄都设有集市，集市地点多选择在村里的开阔平整地带。村里的集市并不是每天都开，通常间隔三五天才有一次，开市又俗称"赶集"。周围村庄都会相互错开本村赶集的日子，以免冲突。农民把粮食等农产品带到集市后，就找个熟悉的角落，三三两两的乡邻聚在一起，一边彼此商量着应该要价多少，一边急切地盼望着买家的光临。买家经过的时候，村民立刻满脸堆笑，不遗余力地推荐着自家的产品。买卖双方经过一番激烈的讨价还价后，那些品相质量好而要价又不太高的农产品，很快就可以成交。运气好的卖家，也能卖个好价钱，一斤比别人多赚一两分钱。卖掉了农产品的农民，喜滋滋、一遍又一遍地数着手里皱巴巴的钞票，丝毫不掩饰内心的得意。那些品相差一点的农产品，或者卖家要价太高的，往往要等到赶集快结束时才能卖掉；也可能出价不称心合意，或者根本就没人买，村民就只能原样带回家。那些一心一意就想卖个好价钱的，或者还需要多卖些农产品的村民，隔日会去附近村庄的集市或者规模更大一点的集市去销售。

集市上不仅买卖农产品，也包括其他日常用品。传说神农时期，就已经"日中为市，致天下之民，聚天下之货，交易而退，各得其所"，看来古今差异还真是不大。适逢赶集的日子，在村间公路或者乡间小路上，人来人往，络绎不绝。无所事事的孩子，喜欢去集市上到处转悠，趁机凑凑热闹，或许还能看到新奇的杂耍。每逢赶集的日子，年轻的姑娘和小伙儿会穿上自己最中意的服装，认真梳洗打扮一番，三五成群结伴而行。也有些年轻的姑娘和小伙儿，趁着赶集时间和心慕的人一起见面相聚。

跟爸爸去乡镇赶集是我童年最快乐的事情之一。村子距离镇子不到 4 公里，通往镇的公路，除了半路上有一个不到半公里长的缓坡外，都是比较平坦的沙路。在这条沙路上推着独轮车行走比较轻松，当路段平坦的时候，我可以替换爸爸一下；上坡路段的时候，我还可以帮爸爸拉车。车上东西不多的时候，我还可以坐在手推车上乐呵一阵儿。赶集卖完了农产品之后，爸爸会经常买点儿油条之类的东西犒赏我一下，偶尔也会给我添置一双新鞋，或者买个本子、铅笔、橡皮之类的文具。回家路上，多数跟随大人一起赶集的孩子们，彼此之间热情地打着招呼，互相炫耀着自己的收获，得意扬扬；也有的孩子，没有从大人那里得到自己想要的东西，低头不语，满脸不快。大人们则相互交流着买卖东西的信息和体会，彼此感叹着农产品价格的高低，相互打听着今年收成的好坏。

随着农产品的日益丰富，到村里收购农副产品的商贩开始渐渐多了起来，农民赶集卖农产品的机会渐渐开始减少了。当村民生活变得越来越富裕了，村里的自行车、摩托车和拖拉机也渐渐多起来，村间公路和乡间小路上徒步赶集的人也越来越少，一起结伴赶集买卖东西的乐趣也就少多了。

五　小打小闹的副业

　　单干之后，农村副业也开始崭露头角。就全国而言，粮食等大田作物栽培是主业，其他生产项目则为副业；当农林牧副渔五业并提时，副业指的是不属于其他四业范围的生产项目。改革初期，农村副业普遍弱小，以自给性的家庭副业为主，生产种类和产品数量都较少。随着改革开放的深层次推进和市场经济的进一步发展，部分家庭副业开始逐渐转向市场化生产，生产经营规模逐渐扩大。许多由农业合作经济组织和农民个人经营的副业，开始发展成为乡镇企业。

　　副，字面本意就是非正和次要的意思。因而，所谓"副业"就是相对于主业而言的，农民主要生产活动以外经营的其他生产项目，都可称为副业。某些农民从事的主业，对另外一些农民来说则可能是副业。

1978 年，村里还正在如火如荼地进行着农业学大寨、工业学大庆先进事迹的活动。来年春天，村里的"四类分子"，包括地主、富农、反革命和坏分子，就全部被摘帽了，村里的副业发展开始渐渐风生水起。

对我所在的村庄而言，粮食油料作物的生产是主业，其他生产经营活动就是副业了。村里除了主要种植粮食作物外，家家户户还会或多或少养上一两头猪，养上几只鸡鸭鹅，养上几只兔子。村民有了这些副业，既可以增加家里的收入，又可以在逢年过节的时候改善一下一家人的生活。

村民养猪大多圈养。盖房子的时候，家家户户都会在院子里盖一个猪圈。一般的人家顶多养一两头猪，饭前饭后的闲散时间照顾一下就足够了。饭后剩下的汤汤水水，山上的野菜，地瓜和花生等庄稼的秧子，以及粮食加工后的糠麸，都值不了多少钱，但合起来喂猪换钱就比较划算了。在当时物质和技术都匮乏的条件下，村民养一头猪花的时间可不短，从小猪仔买来时算起，等养到出栏卖掉或杀掉的时候，一般都需要一年到一年半的时间。

多数农民都选择在过年的时候把猪杀掉，除了过年时一家人改善一下生活要用掉一部分，村民也给邻里乡亲送一些。在古代，五家为邻，五邻为里，邻里是中国传统农业社会最基本的生产生活单位，讲究的就是小范围内的互相支持互相帮助。平日劳动时，邻里之间就相互帮助，有好事的时候，自然也不能忘了邻里乡亲。过年杀猪的时候，喜欢凑热闹的邻居会赶过来看光景，同时也顺便帮帮忙。村里一般都有专门杀猪的屠夫，俗称"杀猪的"，这时候会被东家邀请过来。有时候，东家会送给屠夫一些猪肉排骨猪下水作为报酬，也可能支付几元到十几元不等的现金作为报酬，或者两者兼而有之。东家自然也要做做样子，拿出小块儿的猪肉排骨或猪下水送给围观的邻居，邻居都明白东家只是客气一下而已。那些自我感觉跟东家关系不是太熟的，平日里没有密切来往的，也不好意思拿走东家给的东西，大家互相客气一番，图个热情而已。邻里乡亲关系特别好的，都是在看客散去后才打发孩子们专程把东西送过去。

过年杀猪的时候，孩子们大多已经放假在家了，更喜欢凑在周围看热闹。杀猪时的嚎叫，加上孩子们看到鲜血从猪脖子汩汩流出时的大呼小叫，会传遍大半个村庄，吸引更多的人来围观。猪膀胱经过简单处理后，往往会被做成气球，送给围观的孩子，孩子们追逐着气球抢来抢去，直至把气球弄破才肯罢休。

大部分猪肉和骨头以及猪下水都会被储存起来，以备过年和招待客人。寒冷的冬天，猪肉可以存放很长的时间也不会变质。实际上，农民也不太担心猪肉变质，因为往往还没出正月十五，猪肉就已经被家人和串门的亲戚吃光了。会过日子的人家，也会用食盐把猪肉卤起来，一直吃到开春。

杀猪的当天，东家会把父母兄弟亲戚喊来大餐一顿。东家也会把关系好的朋友，以及对自家有恩的人，一起邀请过来大吃一顿。诗云："伐木许许，酾酒有藇。既有肥羜，以速诸父，宁适不来，微我弗顾。笾豆有践，兄弟无远。"这篇在《诗经·小雅》里的诗，一说是周文王所做，也有人说是西周后期所做，作者不考。不论孰是孰非，反正作于三千年前左右还是共识。这和三千年后农民杀猪宰羊宴请宾客的场景又有何区别呢？

也有的人家养了两头猪，一头作为过年时用，另一头会被卖掉换钱。也有的人家，碰上着急用钱的时候，在猪还没有养大的时候就卖掉了。

鸡鸭鹅基本都散养在自家院子里。这些家禽大都认得自家的主人和院子，所以它们即使溜出自家院子，也多能在傍晚时候赶回来。到了晚上，如果家禽还没回来，主人就要出门寻找。通常情况下，用不了多久，出不了离家几百米远的地方，就可以发现它们。周围邻居也大都知道傍晚还在四处游荡的家禽属于哪一家，有时也会主动帮忙送回。村里谁家有几只鸡几只鸭几只鹅，邻居们都一清二楚。谁家里平白无故多出了几只，或者谁家里飘出了鸡鸭鹅肉的香味，而他家的数量又没有减少，会遭到邻居们毫无休止的非议和白眼儿。所以，村里没人会把别人家的家禽藏起来，否则，一旦被人发现，那简直就跟偷了别人家的东西无异，一家人很长时间在村子里都抬不起头来。所以，村里各家各户的鸡鸭鹅们都乐得逍遥自在，大摇大摆地在街道上横行霸道，看到弱小的孩子，甚至还要欺负一下，追着孩子们满大街地哭着喊着跑着。

鸡鸭鹅下的蛋，普通人家大多舍不得自己吃，除非碰上家里人生病，或者家里结婚添丁，才肯破费一番。通常情况下，等存起来的鸡鸭鹅蛋凑够了一定数量，村民就拿到集市上卖掉，或者储存起来，等周围邻居有红白喜事，或者过年串亲戚的时候，再拿出来作为重要礼品赠送。现在，大家都特别在意鸡蛋的保质期，保质期长的一两个月，短的也就六七天。但在以前的农村，鸡蛋似乎可以储存一年也不会变坏。下蛋少的，或者不下蛋了的，或者不会下蛋的鸡鸭鹅，往往很快就被卖掉或杀掉，用来换钱或改善生活。

兔子一般都养在院子的兔舍里。村民养的兔子主要是长毛兔，间隔几个月可以剪一次毛，等凑够了一两斤，村民就拿到集市上或者专门收购兔毛的供销社卖掉，补贴一下家用。

冬天的时候，鸡鸭鹅和兔子主要吃提前准备好的饲料，也包括一部分质量差一点儿的粮食。春夏秋的季节，它们就主要以农民从山上采来的野菜、树叶和农作物的叶子秸秆为食。到山上挖野菜和弄树叶，基本上都是孩子们的事情。下午放学后，或者礼拜天，三五个孩子会结伴去山里，每人手里提着一个篮子，拿着小锄头和镰刀，漫山遍野地寻找野菜和树叶。山上也会有多种多样的野果，或者鲜嫩可食的野菜，或者一时无人看护的西瓜、甜瓜。村里的地里和山坡上，生长着多种多样的野菜和树木，村里的孩子都非常熟悉它们的名字，野菜野果是否能吃和是否好吃，孩子们也都烂熟于心。孩子们一边忙着采集野菜和树叶，一边忙着找些或偷些地里的东西果腹，似乎孩子们的肚子永远也填不饱。河沟里有小鱼小虾，孩子们也会挽起裤腿，在河沟里摸索一番，但通常也没有什么大的收获。蚂蚱也是孩子们乐意寻找的玩意儿，捉住后串成长长的一串带回家喂猫或鸡鸭鹅。山上也经常有蛇出没，三五个孩子凑在一起壮胆，常常追着蛇戏弄个不停。

一边做着大人交代的任务，一边玩着闹着，时间不知不觉就过去了。等篮子装满了，天色也黑了，孩子们也该回家了。孩子们也互相帮助，如果哪个小伙伴还没装满篮子，大家都会帮忙。所以等回到家的时候，所有小伙伴们的篮子基本上都装得满满的。当然，也有玩得起兴的时候，忘记了时间，回家时只采了半篮子的东西。孩子就一起商量着对付家长的谎话，订立攻守同盟。家长们也都心领神会，从不揭穿孩子们拙劣的小伎俩。

农闲时候或者白天收工后，妈妈会抽空编玉米辫儿来挣些零花钱。编玉米辫儿要用到玉米皮儿。农民在收获玉米后，会专捡紧贴着玉米棒子的那些又白又嫩的皮儿留下来，编玉米辫之前再用硫黄熏的更白一些。玉米辫儿可以用来加工成很多东西，比如地毯、桌垫儿、茶杯垫儿等等。妈妈编玉米辫儿的时候，经常把一头儿拴在家里的窗户棱或篮子边上。有时候，妈妈和邻居们凑在一起，一边聊着家常，一边编着玉米辫儿。小孩子们无聊的时候，也会围在大人们身边凑热闹，间或帮妈妈们递上几片玉米皮儿。几天下来，妈妈就会编上数量可观的玉米辫儿。到了赶集的日子，妈妈就把编好的玉米辫儿拿到集市上去卖，换上一两元钱，顺便儿买些蔬菜或者几两肉回家。在农闲季节，编玉米辫儿是弄零花钱的重要来源之一，妈妈经常会熬到深夜。就这样日复一日，年复一年，因为劳累过度，妈妈的双手至今还时常疼痛。

　　绣花是个技术活儿，需要耐心，眼神儿要好，手指要灵活，还需要好的记忆力和能看明白图纸的能力，所以绣花主要是村里年轻姑娘们的活动。村里有几个头脑灵活的人会扮演经纪人的角色，统一给村里的绣花女提供针线，提供式样要求，绣花女保质保量完工后，就可以从经纪人那里拿到二三十元钱。关系好的年轻姑娘们，经常凑在一起结伴绣花，互相学习，互相探讨。姑娘们绣花的地点主要是在屋里，天气特别好的时候，姑娘们也会聚在户外阴凉的地方绣花，或是树荫下，或是房前屋后，或是山墙边儿上。绣花姑娘长时间躲在屋里或者阴凉的地方，肤色较白，大多显得纤弱，楚楚动人。正值年轻力壮的小伙儿，时常聚在绣花姑娘们的周围打闹，久久不愿离去。有时，绣花姑娘们被惹恼了，或者被闹得绣错了花布，就嗔怒着把绣花架子搬回屋里，小伙们就只能怏怏地离开了，一边互相打闹着，一边互相埋怨着其中的肇事者。

六 从干瘪到鼓起的钱袋子

1978 年前，村民不允许从事商业经营活动，也不允许外出务工，非农收入少得可怜，以至于几乎可以忽略不计，所以，农业生产是村民收入的最主要来源。

吃大锅饭的时代，村民的收入状况主要取决于为生产队的劳动贡献，贡献的衡量标准就是挣了多少工分。青壮年男劳力干一天农活可以挣 10 个工分，上了年纪的男劳力干一天可以挣 8 个工分，女劳力只算半个或多半个劳力，一天下来就只能挣五六个工分。刚刚下学的十三四岁孩子，以及体弱多病的劳力，一天下来就挣 4 个工分左右。

一年劳作下来，到年底的时候，生产队就会根据队里的收入（产量）状况和工分总量，确定出每个工分的价格。每家每户年底能分到多少钱（农产品），就主要取决于一家人一共挣了多少工分。由于生产队的现金收入比较少，所以分配收入基本上就等同于分配粮食等农产品了。

有些家庭劳动力数量少，挣的工分少，但是人口数量多，等着粮食吃饭的嘴多。吃饭是大事，所以生产队分配到各家的实物数量主要取决于人口数。分配前，每个生产小队先要扣除上交国家的农业税，再扣除生产费用，余下的，就分配给全体队员。其中，70%作为基本口粮，按生产队人头数来分，10岁以上的队员按照1个人头算；1~3岁的孩子，算半个人头；4~7岁的孩子，算0.7个人头；8~10岁的，算0.8个人头。20%则按照工分来分配，剩余的10%按照各家各户为生产队提供的肥料数量来分。生产队按照一定标准，把各家各户提供的肥料折算成工分，所以实际上这10%的分配也是按照工分来分配的。

根据工分多少应该分配的数量和按照人头数实际分到的数量是有差异的。生产队按照一定价格水平，计算出每个农户应该和实际分到的实物差额，多分了的，就要往生产队交钱，生产队再补给那些少拿了的农户。

实际上，那些多分了粮食等农产品的农户，家里往往根本就没有钱交给生产队。当然，如果粮食够吃的话，这些人家就会把多余的粮食再返给生产队。如果粮食不够吃，又没有钱，就只能欠着生产队的，生产队也只能再欠着那些少拿了的农户。其时，爷爷奶奶年事已高，哥哥和我还在上学，所以家里只有爸爸和妈妈挣工分，每年都要新欠下生产队的钱。改革之前，家里欠钱数量最多的时候，一度达到600多元，单干多年之后才逐渐还清。

在个别的年份，村里其他的几个生产小队偶尔给其社员发一些现金，发放最多的也就户均几元钱或者十几元钱。那时候，村里有面积很大的苹果园，生产的苹果卖给公社的罐头厂，卖苹果的收入作为生产大队集体使用。在苹果丰收的年份，每个生产小队都能从生产大队那里分到一些苹果，生产小队再分给小队的村民。在平常丰收的年景，每家每户能分到四五斤苹果，在年景特别好的时候，每家每户能分到半筐乃至一筐的苹果。村民往往都舍不得吃，只在分到苹果的当天吃上几个，其余的都要存起来，等逢年过节时用来招待客人。家长通常把苹果藏在隐秘的地方，以免被嘴馋的孩子们偷吃了。其实，时间一长，苹果就会散发出浓郁的果香，孩子们就会循着味道找到苹果的藏身之处，但是也只能眼巴巴地看着，贪婪地闻一闻苹果的香味。孩子们最期盼着家里的苹果开始腐烂，因为只有等家长发现苹果腐烂后，往往才不情愿地挑出开始腐烂的苹果分给孩子们吃。

生产队养的牲口有时会突然死亡，只要不是因为传染病的原因，生产队就会处理后平均分给全体队员。当然，如果死掉的牛马曾经给生产队立过大功，村民就舍不得吃掉它们，就找个地方把它们深埋起来，以示敬意。

1978年的时候，村民的人均收入是137元，比全国平均水平高出3元钱。此后，随着国家提高了粮食等农产品价格，以及村里从1982年开始单干以后，村民的收入开始快速增长。再加上国家开始允许农民从事商业活动和取消劳动力的流动限制，村里的一些青壮年劳动力开始外出务工，部分流向城市，部分流向乡镇企业。外出务工的村民，主要从事建筑业，包括瓦工、木工等等，也有一些从事个体经营做些小本生意。此后，随着城市发展速度的加快，工业和第三产业发展迅速，尤其是乡镇企业发展异军突起，越来越多的村民开始涌向城市和乡镇企业。

村民的收入很快就有了大幅度提升。1979年增长了21%，达到166元；1980年增长了26%，达到209元。开始单干的当年，村民的收入比上一年增长了33%，达到了288元，已经是1978年的两倍还多了。1983年，村民的收入又几乎翻番增长，达到561元。短短的4年期间，村民的收入就几乎翻了两番。

村民的收入在增长，上缴的各项费用也明显增长。单干以后的两三年，每个村民所要负担的各种名目的税费就高达186元，此后又逐渐增加，农民的负担很重。家里要上缴这些费用，只能靠多卖口粮。当粮食不够吃的时候，家里就只能向邻居和亲戚朋友借钱借粮。直到 1992 年，家里才逐渐还清了这些欠账。

改革之后，村民的收入在不停增长，钱袋子也渐渐鼓起来了，村民的生活也有了显著改善，但是，在改革初期，吃饱吃好依然是绝大多数农民没日没夜奔波的目标。

七　勉强凑合的吃穿

　　收入低，不仅仅是导致农村生活水平低下的唯一原因，商品短缺也是最重要的原因之一，即使有了钱，村民也往往买不到想要的东西。1978年的时候，村里还到处都是计划经济的身影，整个县里也几乎都是如此。几乎所有商品都由国营商贸机构经营，县里只能按照国家计划到指定地点购买商品，再按照人口分布进行批零供应。当时，村民主要的生活用品几乎全都属于指标供应商品。棉布、服装和针织品凭布票供应；煤油、煤、肥皂、洗衣粉等等，实行按人凭证供应；自行车、缝纫机、手表、座（挂）钟、挂镜、高档香烟等等，也要凭票供应。

　　副食品的供应亦是如此。1978年之前，全县的副食品购销都实行国家统一计划。农村的供销社系统负责为农村供应副食品，猪肉等肉食品全部按人定量凭票供应。至于糕点、食糖、茶叶、糖果、面碱、苏打、乳制品、食油等均也都按人定量凭证供应。

随着改革的逐步推进，1980年情况开始好转起来，产品供应开始增加，国家也开始鼓励个人从事商业零售活动，个体商户的数量开始渐渐增加。一些日用商品，包括服装和食糖、文化用品、搪瓷、玻璃器皿、鞋帽等等，逐渐开始退出指标性供应，价格陆续放开。1983年，棉布和服装取消了凭布票供应。1984年，一般日用消费品供应票证逐渐废除，但是自行车、电视机和电冰箱仍按计划批条供应。1985年4月开始，猪、牛、羊肉、禽蛋和水产品的购销经营和价格才全部放开，允许个体屠宰户宰杀生猪销售。

随着农村改革开放的进一步推进，人们之间的物质交换需求也变得迫切起来。县里中断了多年的秋季山会开始恢复。所谓的秋季山会，其实就是在农民秋收结束后，大家聚在一起买买东西的大型集贸市场。在山会上进行交易的，不仅有农产品，而且包括了当时几乎所有的生产生活必需品。秋季山会，是当地农民的重大节日，村里大多数的老老少少，都乐意步行50多里路去热闹一下。5天的山会期间，聚集的人数可达近百万人次。

收入低，再加上物质匮乏，农民当时的生活状况非常艰难。解决填饱肚子问题，是农村在改革开放之前和初期面临的最突出问题。集体生产和集体分配导致了效率低下。粮食产量太低，村民分到的粮食本来就难以填饱肚皮，还要从干瘪的粮袋里挤出一部分换成现金，用来支付孩子的学费和日常所需，于是可供家人食用的粮食就更显不足了。实行单干之后，农民的生产积极性得到充分发挥，吃饭问题渐渐得到解决，温饱渐渐得以实现。

地瓜是当时家里最重要的主食品种之一。从地里收获回来的鲜地瓜，存放在地窖里，可以一直吃到来年夏天。把洗净后的地瓜放到大锅里，加足水后，用柴火煮上个把小时，地瓜就熟透了。煮地瓜很费柴火，当时的柴火也不充足，为了节省柴火，多数人家煮地瓜的时候都尽量一次多煮一些，煮一锅地瓜一般要吃上两三天。刚刚出锅的地瓜，吃起来味道还不错。第二顿及以后需要反复加热的地瓜，受到挤压特别容易变形，口味也差多了。

鲜地瓜不易储存，容易变质，所以村民都尽量先吃鲜地瓜，把不易变质的粮食留到日后再吃。等剩下的鲜地瓜不多了，农民就开始吃地瓜干。煮熟的地瓜干，不如鲜地瓜口感好，吃起来觉得干巴巴的，吞咽困难，所以，吃饭时狼吞虎咽的孩子很容易被噎住，咳个不停。煮熟后的地瓜干还容易黏在一起，再次加热后又容易破碎，所以加热多次后的地瓜干就几乎成了碎末，孩子们往往宁肯饿着肚子也不愿意再吃。地瓜干用碾子压碎后，就成为地瓜面。地瓜面也可以用来做面条、馒头以及水饺，但是地瓜面的筋道差一些，做成的面食容易裂开，品相差，口感也不好。所以，农民在用地瓜面做面食的时候，有时会加一小部分玉米面或者小麦面进去，做成两和面或三和面的面食。在温饱问题得到解决之前，农民也不太舍得吃玉米和小麦，而是省下来换钱，所以，平日里能吃到两和面或三和面的面食机会也不多。

煮熟的地瓜也可以在切成片后晒干，也叫地瓜干。为了区别，村民把用鲜地瓜做成的地瓜干叫作"地瓜干"，把用煮熟后的地瓜做成的地瓜干叫作"硬干地瓜"。硬干地瓜的味道比地瓜干的味道好得多了，韧性也好，算是当地的一道美食了。硬干地瓜的晾晒需要场地，村民在院子一角铺上用秸秆做成的箅子，把硬干地瓜晾晒在箅子上；或者在屋檐下挂几根带刺的枣树枝，或槐树枝，把硬干地瓜挂在刺上；或者直接晾晒在屋顶的瓦片上，或者院子里存放粮食的囤子顶上。但是，毕竟可以用来晾晒的地方有限，硬干地瓜作为主食又亏得慌，家家户户只晾晒少量的硬干地瓜。由于硬干地瓜好吃，数量又少，所以就变成了稀罕物，也是村里孩子几乎唯一的零食。孩子们玩耍的时候，或者上学的时候，或者到山上挖野菜的时候，口袋里会放上几块儿，嘴馋的时候咬上几口。

时间久了，储存在地窖里的鲜地瓜容易腐烂变质，而且腐烂后特别容易传染其他地瓜，严重的情况下，地窖里一多半的地瓜都会腐烂。所以，家家户户经常要把地窖里的鲜地瓜挪动多遍，把开始腐烂或者已经完全腐烂的地瓜挑出来。即使腐烂了的地瓜，村民也舍不得丢掉，把腐烂的部分切掉后，剩余的部分还要再凑合着吃。由于舍不得去掉太多，所以即使去掉了腐烂部分的地瓜，煮熟后仍有腐烂的味道，令人难以下咽。完全腐烂透了的地瓜也被村民充分利用，晒干后被磨成粉，掺和地瓜面或者玉米面做成馒头，或者用来做面条，但由于筋道非常差，煮熟后经常就变得乱呼呼。

地瓜吃多了，容易导致胃酸过多，再加之吃得再多也不撑饿，所以在农忙季节，要下地干活的大人不能吃太多地瓜，需要多吃用玉米做成的面食。

在当时的生产和技术条件下，村里的玉米产量不高，亩产量只有四五百斤左右。在玉米籽粒完全成熟之前，农民就开始零星掰些新鲜的玉米棒子回家煮着吃。煮熟的玉米，吃起来特别香甜，大人和孩子都特别喜欢。但是，毕竟用来煮食的鲜玉米还没有完全成熟，农民总觉得吃鲜玉米有些浪费，不划算，所以舍不得吃太多的鲜玉米，仅仅用来解解馋和打打牙祭而已。

晒干后的玉米磨成粉后，就可以用来做玉米饼子。做饭时，村民把玉米饼子直接贴在锅边上，紧贴锅边的部分加热后形成锅巴，不仅闻起来香喷喷，吃到嘴里也满口香脆，所以刚刚出锅的饼子特别受欢迎。再次蒸热后的饼子，就没有先前的香味了，锅巴部分变软而且味道变差。但即使如此，玉米饼子也要首先留给下地干活的大人吃，妇女老人和孩子勉强可以吃到一小部分，仍以地瓜为主。家境稍微好一些的，在做玉米饼子的时候，会在玉米面里加上小部分麦面，这样做成的饼子比纯粹的玉米面饼子蓬松多了，口感也好，不像纯玉米面饼子吃起来感觉那么粗糙。玉米面尚不多得，再添加更为稀缺的小麦面，所以，一年之中吃到这样饼子的机会自然也不多。

小麦产量比玉米产量更低一些，但小麦价格比玉米高一些，缺钱的农民主要依靠销售小麦来换取现金。本来小麦的产量就不高，还要卖掉大部分，所以家里可供食用的小麦就屈指可数了。只有在重要节日和重大场合，家里人才舍得吃小麦。小麦面粉可以用来做馒头、包子、饺子、面条和面饼等等。家里平日的餐桌上，一年到头都几乎见不到这些面食。春节，是一年之中唯一可以放开肚皮吃个够的机会。春节前，家家户户都要蒸一些白面馒头和包子，以供除夕和过年后招待客人时享用。白面饺子是除夕晚上的重头戏。也只有在除夕晚上，家里的大人和孩子才可以肆无忌惮地饱餐一顿白面饺子。过年的其他日子，尽管也可以吃到白面馒头包子和饺子，但都要限量。会过日子的人家，在除夕之后，餐桌上就已经开始出现玉米饼子和地瓜了。

过年后，村民最重要的事情之一是去串亲戚，村里人称为"出门"。过年出门就要带礼物，礼物通常都装在篮子里。村民出门看亲戚时所提的篮子里，装的主要是白面馒头。没有哪家亲戚会真的把篮子里的馒头全部留下，都会用自家的馒头来替换其中的一部分。过年出门看亲戚时，自然也会得到好吃好喝的招待，饭桌上会摆满白面馒头、包子、饺子或者面条。但是，大人和孩子都懂得串亲戚时要尽量少吃，不能放开肚皮大吃，否则亲戚家里就没法再招待别的客人了。宴席上，尽管主人会不厌其烦地劝来客多吃，但是客人不能当真。如果有人串亲戚时真的放开了肚皮，多吃了白面馒头和包子，会被认为不懂礼节，缺少家教。

在清明节、端午节和中秋节的时候，家家户户也会改善一下生活，也会吃到白面馒头，但也只是打打牙祭而已，不能管够儿。清明节的时候，根据习俗，为图个吉祥，家家户户都要用白面做成小燕子形状的馒头，有的展翅欲飞，有的平静安详，每一个都栩栩如生。小燕馒头干透后，每个孩子都能够分到一个。白面馒头本来就稀罕，加之做成燕子形状又十分可爱，孩子们视若珍宝，舍不得吃，会藏到别人发现不了的角落，一直存放好几个月的时间。实在馋得忍不住了，孩子们才小心翼翼地咬上一小口，然后又藏起来。如此一来，清明时节的一个小小的馒头，孩子们断断续续可以持续吃上一个多月。

平日里，家里有十分重要的事情，比如家人生病，比如来了重要客人或亲戚，尤其是准媳妇或准女婿来上门，等等，村民就会格外破费一些，用白面饺子或面条招待客人。自家人往往舍不得吃，却尽力劝来客不要客气。招待来客的面食，有时还要送些给周围关系好的邻居品尝，家长就打发小孩子送去一碗面条或者一碗饺子。邻居家的大人往往也舍不得吃，留给自家孩子。平时呼喊多遍都装聋作哑的孩子们，这时根本不用等待大人吱声，都会恰好出现在大人们面前，只待大人一发话便狼吞虎咽下去，抹抹嘴后立刻就又消失得无影无踪了。

一年之中，村民能吃到的猪肉，大多来自养在自家院子里准备过年的猪。除了过年，家家户户平日里几乎都闻不到肉腥。也有会过日子的人家，把过年的猪肉用食盐卤起来，存放很长时间。在几天一次的农村集市上，也有少量的猪肉在卖，但除了家里有红白喜事的人家以外，平日里购买猪肉的人家比较少。偶尔有来买的，往往也只是买个一斤半斤的，很多情况下，一天下来，市场上连一头猪的肉都卖不完。

　　家里养的鸡鸭鹅下的蛋，村民也舍不得吃，大多都被拿到集市上卖掉，这也是农民平日里零花钱的主要来源之一。当然，平日里还要积攒一些鸡鸭鹅蛋，以便亲戚邻居家里添丁的时候送去作为贺礼。这些鸡鸭鹅下的蛋，平时主要存放在米缸里，有时候要存放大半年的时间，甚至将近一年。在过清明节的时候，家家户户都要煮上几个红皮鸡蛋，孩子们每人一个。即使平日里吃不到鸡蛋，孩子们也舍不得把这个红皮鸡蛋立刻吃掉。刚刚拿到分到的鸡蛋，孩子们就迫不及待地跑出家门，四处寻找小伙伴们进行碰蛋比赛，比一比谁的鸡蛋更结实一些。谁的鸡蛋壳被碰破了，谁就输了。获胜的孩子，还会继续跟别的小朋友比赛。坚持到最后的孩子，趾高气扬，成为大家羡慕和嫉妒的对象，得意扬扬。不服输的孩子，会立刻下战书，约好来年再战。来年再战！那可又要等上365天！生病的孩子，有时也会得到煮鸡蛋或者荷包蛋的特别关照，但是，也就是仅仅一两个而已，无他。

　　农民家里养的公鸡鸭鹅，大多也要被拿到集市上卖掉，也可能被留下一两只等到过年时候宰杀。如果哪家待淘汰的母鸡鸭鹅多，或者养的公鸡鸭鹅数量稍微多一些，便在平日里有一两次吃到禽肉的机会。平日里蓦地飘出的香味，显得格外浓郁，在傍晚炊烟袅袅的村庄中传得格外远，强烈刺激着周围邻居家的每一个孩子。往往第二天或第三天，邻居家也会传出同样的香味，那必定是大人们经不住自家孩子的软磨硬泡，狠狠心解一解自家孩子们的嘴馋。

　　村子的河里也有小鱼小虾，但是不登大雅之堂，成不了气候。村子离海边20多公里，间或有人走街串巷叫卖海鱼海虾，或是贝壳海螺之类，经不住孩子们的央求，大人们会用粮食或者皱巴巴的毛票换一些给孩子们解馋。

　　村里家家户户都种一些花生和大豆，也会种一些芝麻，收获后，村民拿出小部分到村子的油坊加工成食用油。除了过年用的油多些以外，一年之中，村民平日里吃炒菜的机会寥寥无几，家家户户用的油也不多，所以那时倒是没有特别感觉到油的短缺。榨油后的花生饼粕，现在主要用作饲料，但那时可是孩子们口中的美食。尽管是糟粕，但花生饼粕仍留有花生的香味，咬起来满口香。花生饼粕非常坚硬，有时，费很大力气用锤子才能敲下那么一小块儿。即使是小小的一块饼粕，孩子们也可以啃上半天。因极其坚硬，加之饼粕里还夹杂着好些碎草，特别容易塞进牙缝，孩子们卖力啃咬时，乳牙常常就被活生生地拽下来。

蔬菜主要包括自留地里种的白菜、萝卜、茄子、黄瓜、西红柿、西葫芦、豆角之类。除了白菜和萝卜的数量较多，而且可以储存之外，其他的蔬菜只有在应季的时候才可以吃到。但因为自留地的面积也不大，所以即使在应季的时候，蔬菜也不多，不能放开肚皮大吃。白菜和萝卜是冬天和春天最主要的蔬菜了，大多数也只是熬熟了吃，不见得有半点肉腥。在没有其他蔬菜的时候，很多人家吃饭的时候只能就着大葱和咸菜下饭。

春天蔬菜缺乏的时候，村民还会到田野里去挖一些苦菜和荠菜之类的野菜。这些野菜大多用来生食，洗净后，再撒上一点儿盐沫儿酱油香油，味道煞是鲜美。

家里的生活饮水主要来自村子里的水井。一早一晚，是提水最忙的季节。水井通常位于河岸，由于当时污染少，所以水质都非常好，水位也不低，用扁担就可以把水提上来。有时候不小心，水桶会掉进井里，沉到井底，要花费好多工夫才能捞上来。那些技术不好的，就在扁担一端安装上回形钩子，以免水桶掉进井里。寒冬季节，井边结冰后特别光滑，容易摔倒，提水需要特别小心。

后来水位不断下降，村里的河流陆续断流，从井里取水变得越来越困难。很多人家，后来就几乎家家户户了，会在自家的院子打十几米深的井取水。再后来，村里就通上了自来水，原先的水井都荒芜了，四周长满了茂密的野草。现在格外留意时，还能依稀看见井口和井边的青石。

村民洗衣服的时候，主要去河边或者水库边上，春夏秋冬都是如此。冬天洗衣服就十分痛苦了，不仅要撬开结实的冰面，还要忍受刺骨的冰凉，不久，手和脚就冻得失去了知觉。等家家户户有了水井或者自来水，洗衣服就主要在自家院子里了。

穿衣也是村民生活中的大事。1978年前后，买成衣的村民非常稀少，大多买布料来加工。村民吃的粮食是自己地里生产出来的，不需要花钱，但是做衣服的布料就要花钱了，而且买衣服和布料成为村民家里重要的现金支出项目。

由于收入很低，村民大多只有在过年的时候才可能添置新衣。买来布料以后，手巧的人家会照着可意的式样，花上几天的时间来做衣服。那些自我感觉不够手巧的，就请手巧的邻居帮忙，或者请家有缝纫机的邻居帮忙。通常情况下，这些友情帮助都是免费的，都是平日里积攒下来的交情。当然，实在过意不去的时候，村民就趁着过年过节的时候送上两瓶酒，或者几斤鸡蛋以示感谢。后来，有些村民发挥自己的手艺专长，成为村里专门加工衣服的裁缝。这些专职裁缝做的衣服式样要好看一些，收取的加工费用也不高，村民们就开始陆陆续续地请这些裁缝们做衣服了。

既然购买衣料是重要的家庭开支，村民在购买衣料的时候就显得特别谨慎，反复盘算着该扯多少布料，以免多花了不该花的钱。给小孩子们买布料的时候，更是如此。孩子们正处于长个子的时候，家长们尽最大量估摸着自家孩子一两年内还会再长多高，并据此购买所需的衣料，以免估计过低把衣服做小了，孩子们穿上半年或一年后就不能再穿了。如此一来，孩子们过年的新衣普遍都显得特别大，加上过年时做的新衣服还要套在棉衣外边，所以当春天脱掉棉衣后，孩子们的新衣服就显得格外长，长得甚至都够着孩子们的膝盖了。孩子们走路的时候，新衣服也显得格外宽松，孩子们细瘦的身躯仿佛在一个空荡荡的套子里晃来晃去。

新年的第一天，不论是大人还是孩子，都就会迫不及待地早早起来换上新衣服，开始邻里之间的相互拜年。拜年时邻里之间的很多话题，尤其是女性之间的话题，也往往都是围绕着对新衣服的评头论足和相互炫耀展开的。其实，邻里之间新衣服的布料、款式和颜色也都差不了多少。

尽管如此，大家还是彼此之间互相恭维，赞美之词不绝于口。众煦漂山，聚蚊成雷，说好看的人多了，渐渐地都由不得自己不相信了，每个穿上新衣服的人，脸上都洋溢着抑制不住的欢乐。毕竟只有一年或两年才可能做一次新衣，所以新衣服也只能穿几天过过瘾，很快就得脱下来，洗一洗赶紧收藏起来，等待串亲戚或者重要场合再拿出来穿，或者等到来年春节时作为新衣服再穿。有了新衣服，自然就不愿意再穿旧衣服，所以孩子们在大人们逼迫下脱下新衣服的时候，好大的不情愿。

即使过年的时候，也未必人人都有新衣。上了年纪的大人，往往舍不得花钱给自己添置新衣，尽量把省下来的钱留给孩子们做新衣。家里贫穷的，或者上面有哥哥姐姐的话，年龄小一点儿的孩子，往往只能穿哥哥姐姐们的旧衣服，或者把哥哥姐姐的衣服改小了再穿。没有添置新衣的孩子，感觉到在小伙伴们面前抬不起头，满脸的不高兴，甚至好几天都躲在家里不出门，也不跟家长说话，以示抗议。

平日里村民穿的衣服，多是旧衣服，甚至好几个地方都有补丁。男孩子调皮，经常在地上摸爬滚打，爬树溜坡，衣服破的格外快些，袖子上和屁股的补丁当然就格外多。其实，何止是缝缝补补又三年？一件旧衣服总要穿到实在无法再打补丁了为止。

　　冬天的棉衣棉裤穿的年数更多，孩子们身上的棉衣棉裤，基本上都是大人们的棉衣棉裤改小而成。在寒冷的冬天，棉絮陈旧的棉衣棉裤，穿在身上显得特别笨拙，御寒性又差，仿佛感觉不到身上是穿了棉衣棉裤似的，冻得瑟瑟发抖。村里上了年纪的老人，有时会有一件用羊皮做成的大衣，或者用狗皮兔皮拼接而成大衣，白天可以穿在身上御寒，晚上睡觉的时候盖在棉被上面也可以御寒，所以，整个冬天几乎都不离身。

　　夏天的男人，不论是大人还是小孩，大多身着背心短裤，或是披着一件穿了多年的破旧单衣。下地干活时，男人们大多光着晒得黝黑爆皮的膀子。小一点儿的两三岁的男孩子，则几乎整个夏天都光着屁股，赤条条地跑来跑去。后来生活条件稍微改善了，穿T恤衫和短袖衬衣的人渐渐也多了。女人们喜欢夏天，衣服可以更加亮丽、色彩可以更加鲜艳一些。

　　有时候，参加一些重要场合，比如串亲戚，参加宴席，或者相亲，穷一点儿的人家还要借邻居的衣服穿。孩子们有时候也要借衣服穿，尤其是六一儿童节的时候，学校会要求表演节目的孩子穿颜色和样式差不多的衣服。经常找遍了整个村子，也凑不齐那么十几套衣服。实在借不到合适衣服的孩子，经常会哭闹不停，实在迫不得已的时候，也只能用大人的衣服勉强凑合一下。

冬天的时候，男人们还会戴上一顶帽子来御寒。帽子有单帽子和棉帽子之分，单帽子多是从集市上或是供销社里买的，一般都随着过年添置新衣的时候一起购置。棉帽子多是自家加工而成，村里几乎家家户户的妇女都会做棉帽，买一点儿新的棉絮，找些做新衣服时剩下的布料，手脚利落的女人半天就能做一个棉帽。冬天寒风凛冽的时候，棉帽能遮住耳朵和大半个脸，可以免去耳朵和脸蛋受冻之苦。也有用羊皮、狗皮和兔皮做成的棉帽，自然更暖和一些。那些正在青春期的小青年儿喜欢耍单，棉衣棉裤都不乐意穿，更别提戴棉帽子了。

村里的大人小孩、男女老少，脚上穿的鞋子，不论是单鞋还是冬天的棉鞋，起初几乎都是自家制作而成。女人们会用麻绳把破旧的衣服和碎布纳成结结实实的鞋底，讲究一些的会再加上一层塑料鞋底儿，鞋帮多用新的结实的布料做成。生活条件渐渐变好了之后，大家不乐意再穿自家做的笨拙难看的布鞋了，开始购买成品鞋，这些成品鞋大多都和绿色军用鞋相仿。男人们下地干活的时候，往往都光着脚板，舍不得穿鞋。

男孩子们一起疯玩的时候，经常把鞋子脱掉，尤其是在河里和池塘边上玩的时候。一时玩得兴起，孩子们回家时就忘了穿鞋。往往过了好久，甚至第二天才想起自己忘了穿鞋回家，就急急忙忙回去寻找，有时候鞋子被别人捡走了，有时候孩子怎么也记不起鞋子落在了哪里。丢了鞋子又找不到的孩子，免不了要遭受大人的一顿数落，甚至一连好几天都没有鞋子穿。由于鞋底单薄，或者干脆光着脚，四处撒野的男孩子，脚底经常会被扎破。即便如此，男孩子还是经常赤脚跑来跑去，脚底下大大小小的石子土块似乎根本就不存在。有时候，夏天的孩子们也会得到一双塑料凉鞋。但是塑料凉鞋根本就经不住男孩子的折腾，不出三四天，凉鞋就开始断了，大人们干脆也懒得给男孩子们买凉鞋了。

1982 年单干之后，村民收入有了明显提高，集市上的服装销售摊点数量上升，成衣加工点也明显增多，村民开始购买一些化纤衣料，新面料新式样的衣服一时引领时尚，村民的衣着条件也开始有了明显改善。我在读初中的时候，家里给添置了一件的确良上衣，煞是得意。当时的班主任说，在发达国家那里，棉料要比化纤料子贵，同学们都表示疑惑。

渐渐地，村里的年轻人开始对穿衣特别讲究起来。20世纪 80 年代中后期，青年小伙儿的时髦装扮无非就是：中山装、绿军服、工作服、棉大衣、皮鞋；年轻姑娘的时髦装扮无非就是：的确良衬衣、花格子、长筒裙、毛衣。80

年代后期，年轻小伙儿开始流行穿西装、牛仔裤、喇叭裤、腈纶毛衣、风衣、面包服；年轻的姑娘们开始流行穿连衣裙、西服裙、百褶裙、泡泡衫、蝙蝠衫、筒裤、鸡腿裤、高领毛衣、旗袍。

统购统销的年代，物资匮乏，收入又低，村民就只能依靠土地上产出的粮食蔬菜勉强度日。实在不得已的时候，还要去村里的供销社买些生活必需品。那时候，供销社也是村民见面聚会的重要场所。

随着改革开放力度的逐渐加大，改革范围的逐渐拓宽，村民收入水平的逐渐提高，市场的越来越开放，村子供销社发挥的作用越来越少了，渐渐关门倒闭了。代之而起的村民自发兴办的小卖部，突然间就雨后春笋般冒出来了。后来，村民嫌小卖部的名字俗气，不够大气，就渐渐又改称超市了。超市里的商品越来越丰富了，品种繁多，琳琅满目。尽管村里超市的规模不大，但天南海北五湖四海的产品也都应有尽有。而今再去村里的超市，就恍惚置身于城市的超市一般。

村里三五天一开的集市也渐渐没落，互通有无的作用逐渐下降。往往不到上午 10 点钟，集市就早早结束了。昔日临近春节前的集市人山人海，颇有现在购物狂欢节的味道，打眼看光景的，买的卖的，摩肩接踵。而今，这幅喧嚣热闹的场景只能留在村民的记忆中了。

八 安身立命的房子

改革前，村里人住的房屋，多是土坯房和茅草屋，门窗多是木头做的，玻璃门窗非常少见。改革之后，随着村民收入的增长，村民开始改建砖瓦房，玻璃门窗也开始逐渐普及。条件好一些的，还会在院子一角加盖水泥平房。

村里的土地相对充足，家家户户都可以分得一块宅基地。孩子结婚成家后，大多选择独立门户，与父母分家单过。上古以来，普通人家都世世代代生活在一起，几世同堂一起过日子，死后才算离开了家。活着的时候，就独立门户跟父母分开过日子，就是"生分"。强迫子女成家后必须与父母分家独立生活，始于战国时期的秦孝公之时，为了增加户数和赋税，商鞅实行了两次变法，其中之一就是强迫人民"生分"，规定"民父子兄弟同室内息者为禁"，要求男子17岁必须独立门户，否则赋税加倍。"生分"对中国家庭纲常伦理的影响还是很大的，"家富子壮则出分，家贫子壮则出赘，借父耰锄，虑有德色，借母箕帚，立而谇语"，西汉贾谊的这段话描述的就是"生分"对中国社会造成的影响。此后"生分"的做法逐渐延续下来，以至于成为习惯。

门户既然要独立出来，当然首先要有离开父母住处的"门"，也就是要有一处别于父母住处的房子。新独立的门户，大多就是父母事先早就给盖好的新房子。如果哪一家没有提前为成年的男孩子准备新房，那就几乎等同于宣告孩子准备打一辈子光棍了，根本就讨不到儿媳妇儿。村里历来重男轻女，依靠儿子传宗接代和养老送终。给儿子提前准备好结婚的新房，自然是所有家庭的头等大事。往往在男孩子还只有 10 岁出头的时候，父母就已经向生产队或村集体申请到了建新房的宅基地。

盖新房可是一件大事，不仅花费多，而且前前后后还会欠下邻里乡亲好多的感情债。盖一座极其普通的新房，至少也得四五百元钱，这还不包括农民自己积攒了多年的部分木材和石材，也不包括绝大多数盖房子的劳力费用。改革初期，一般的农民家里都会有三四个子女，男孩子一般也在两个以上。许多父母要倾其一生的心血，才能给孩子盖一座新房子。要是家里有两个以上的男孩子，父母的日子就更加辛苦了。

从计划盖新房子开始，一家人就要节衣缩食，省吃俭用。十几年下来，往往还凑不够盖新房所需的钱，只能向亲戚朋友借，余生再慢慢地还。成家的孩子，当然也会帮父母还钱。但是，小两口要开始养家糊口的新生活，加之收入也少得可怜，开销也比老人多些，未必帮得上太多。碰上娶的媳妇不够明理和孝顺，就只能靠老人独自奋斗了，村里很多老人至死也没还清给孩子建新房所欠下的钱。

为了给儿子建新房，父母就要提前好多年开始准备。最重要的，是尽量零星地先积攒一些石材和木材，以减轻将来一次性支出带来的过重负担。但是，毕竟建房屋所需的大型木材和石材不是零星积攒所能完全解决的，所以大部分的石材和木材还是要一次性花钱购买，屋顶的瓦也需要购买，这些都是建造房屋的大开支。门窗和家具一般都是先买好了木料，专门请木匠师傅来做。做门窗和家具的木匠，本来就靠手艺吃饭，所以请木匠也要支付报酬。但如果有亲戚关系，或者是关系特别好的乡邻，支付的报酬自然就会低一些，甚至几乎不花钱。把房间隔开的墙壁，主要用土坯垒成，而土坯可以由农民自己制作完成，基本不需要什么花费。砌院墙所用的石头，大多是碎石，村民可以从荒山上捡拾或者利用废弃的石料，基本上也不需要花费。

村民建房子的时间，多选择在农闲季节。左邻右舍亲戚朋友都会来帮忙，大多不需要报酬，只要管饱饭就行。其实，很多来帮忙的村民，就是冲着能够吃顿饱饭、吃顿好饭而来的。建造房子的每一个环节，每一件事情，不论是和泥，还是搬石头，抑或是砌墙，半天下来都要耗费很大体力，吃不饱饭自然也就干不好活儿，所以东家准备的饭菜都格外充足，帮忙出力的人吃饭时也不客气。从早到晚，东家还要安排人不停地给大家倒茶递烟，满脸赔笑。虽然东家也好吃好喝地招待来帮忙的人，但毕竟花了大家很多时间，劳累了大家，东家就感觉欠下了很大的人情。这些人情，有些是靠东家之前也提供了类似的帮忙换来的，有些则只能靠将来提供类似的帮忙再报答了。还不了的人情，在过年过节和平日里，还要提些东西去感谢，这些东西大都是自家舍不得吃、舍不得穿和舍不得用的。

盖新房子最激动人心的时刻，当属要把房屋大梁架好的时刻，俗称"上梁"。上完梁，就意味着新房屋基本上大功告成了。上梁的时间，村民多选择在黄道吉日。东家和来帮忙干活的人都会广而告之，几乎全村老少皆知。外人之所以也高度关注上梁的时间，主要是因为在上梁时，负责上梁的木匠和瓦匠头儿，会从屋顶向围观的人群抛撒吉

祥物，有糖果、大枣、栗子、花生、香烟，还有用麦面做
成的各种动物样子的吉祥物。吉祥物大小不一，大的有三
四两重，小的也就拇指大小。吉祥物多种多样，有的做成
燕子等小鸟儿的形状，有的做成鸡鸭鹅等家禽的形状，有
的做成牛马等家畜的形状，有的做成老虎等猛兽的形状，
还有的做成小龙（即蛇）等爬行动物的形状。这些糖果、
香烟和面食，都是平日里难得一见的稀罕物。能抢得一些，
哪怕就仅仅是一块糖，或者一根香烟，村民就感觉不仅捡
了一个大便宜，更寓意着好运很快会降临到自己身上。所
以，在上梁吉时之前，村民早就密密麻麻围在了新房子的
四周。村民们会根据自己的以往经验，提前占据有利位置，
着急地等待着激动人心的时刻到来。

　　震耳欲聋的鞭炮声宣告着上梁的开始，鞭炮声通常会
持续十几分钟。当然，鞭炮声也是最后的召集令，闻声飞
跑过来的村民会努力往前挤，已经提前等候的村民也毫不
相让，场面立刻就会变得拥挤、紧张和活跃起来，每个人
的眼里都充满了期待，跃跃欲试。

　　鞭炮直接悬挂在大梁上，大紫大红，长长的一串儿。
随着鞭炮的响声，缠着红丝带的大梁，被站在房顶的瓦匠
头儿和木匠头儿徐徐拉起。调皮的男孩子，在鞭炮响声未
绝之际，就已经迫不及待地去抢那些落在大梁下方的哑炮。

随着鞭炮响声弥漫升起的烟雾，非常刺鼻，但正是这种刺鼻的烟雾，更激发了围观村民争抢的斗志。鞭炮响声一停，瓦匠和木匠头儿就开始向人群抛撒用麦面做的吉祥物，并口中念念有词，大声喊着成套的吉利话。大意就是祈求上苍保佑，祝福东家人丁兴旺，子孙满堂，五谷丰登，六畜兴旺。

每一个围观的村民，目光都紧紧盯住了那只抛撒吉祥物的手，丝毫不会放过那只手的任何一个细节，快速地盘算着吉祥物可能被抛撒的大概去向。当然，木匠和瓦匠头儿也相对公平，四目所及，东南西北，前后左右，几乎所有的方位都要照顾到。随着吉祥物在空中一次一次地飞舞，围观的人群一次又一次地欢呼雀跃，奋力拼抢，推推搡搡。眼疾手快的，腿脚灵活的，跳得高的，劲头大的，抢到吉祥物的可能性就大大增加。瘦小的孩子，尤其是女孩子，往往被疯狂的人群裹挟着东倒西歪，根本就站不稳，或者接二连三地被推倒在地，哇哇大哭。木匠瓦匠抑扬顿挫的祝福声，东家开心爽朗的笑声，村民奋力拼抢的叫喊声，抢到了吉祥物后掩饰不住的哈哈声，孩子们被挤来挤去的哭喊声，各种声音交织在一起，煞是热闹。

最后登场的是最大的吉祥物，称为神虫，活像盘绕着的龙的形状，大概三四斤重，也是用麦面做的。这个吉祥物，是东家特地奉送给木匠和瓦匠头儿的。心有不甘的围观人群，往往一起起哄，齐声喊着瓦匠和木匠头儿把神虫也抛撒了。这基本上就属于纯粹的瞎起哄了，没有人会真的当回事。当然，也有例外，极个别的情况下，经不住人群一轮一轮的持续呐喊和嚷嚷，瓦匠和木匠头儿也会掰下一小块儿，扔向围观的人群，引发再一轮的哄抢。

这种热闹的场景会持续20分钟左右。伴随着神虫的登场亮相，人群就渐渐开始散开了。抢到了吉祥物的，满脸欣喜；没抢到的，一脸懊丧。同伴关系好的，会互相交换抢来的吉祥物；也有人会把自己抢到的东西，分给没抢到的同伴。父母抢到的，会塞到自己孩子的手中；孩子们抢到了的，就会立刻骄傲地向父母汇报。抢到了糖块的孩子，刚刚向小伙伴们炫耀后，就会迫不及待地塞进嘴里，啧啧有声，惹来羡慕。

人群散开后，东家还要做些扫尾工作，并摆好酒席答谢。酒席结束后，东家老少，来帮忙盖房子的亲朋好友，几乎都会酩酊大醉。人生得意有几何?!

其后的日子，新房子里还有很多事情要做。上完梁的房子，其实还只是一个空架子，屋瓦未铺，门窗未安，屋内墙壁未立，院墙未砌。这一大堆的后续工作，都要等着手头稍微宽裕了，或者儿子结婚娶媳妇急用的时候，才能顾得上。手头困难的人家，新房子就继续空空如也地矗在那儿，甚至一直被冷落个七八年。

大梁下端的横木上，都要挂一串用红绳串起来的铜钱，铜钱之间有枣、花生和栗子隔开，寓意着财富满堂、早生贵子、子孙满堂和勤劳致富。调皮的男孩子们，时常觊觎着这串铜钱，经常结伴偷偷溜进刚刚盖好的新房子，向这串铜钱扔石头，期盼能够把这串铜钱给砸断，好让铜钱掉下来。串铜钱的红绳通常非常结实，还可能用细铁丝加固，加上孩子们技艺不精，所以大多数情况下都徒劳无功。如果恰巧被路过的村民看到，孩子们就会吓得四散逃跑。但是，架不住一拨又一拨的男孩子偷袭，甚至三番五次的光顾，红绳历经风吹雨打后也渐渐开始腐烂，铁丝也因为生锈渐渐变得不结实，所以红绳也有被乱石误中的时候，上面的铜钱掉下来，被孩子们一抢而光。

村子里农民集聚而居，房子大小和结构都差不多，大多是四间房和一个院子。多年以前盖成的房子，屋顶多是墨绿色的小瓦，年久失修容易漏雨，村民渐渐就用大一些的红瓦来替换。瓦的下面铺有一层小麦秸秆，房屋冬暖夏凉。也有的人家特别贫穷，买不起房顶的瓦片，只好在屋顶上铺上一层秸秆。

四间房屋中，一间是厨房，三间是卧室。每个卧室都有一铺火炕，几乎占了整个房间的绝大部分，其中的一间卧室下面有一个地窖，用来储藏地瓜和土豆。厨房里，通常会面对面建两个锅灶，用来做饭。锅灶下面会有烟道，与相连卧室的火炕连通。每个家里至少有三五口人，父母占一间，兄弟们挤一间，姊妹们挤一间。有时候，年龄特别小的孩子，也会跟父母挤在一铺炕上。

北方的冬天，异常寒冷。村民做饭时烧柴火的余热，被充分利用起来给火炕加热，抵御严冬的寒冷。尤其在煮地瓜、贴饼子以及蒸馒头的时候，烧柴火的时间长一些，火势也要比平日里旺许多，火炕就更热一些，房间就更暖和一些，兄弟姐妹之间就会争着要求优先考虑自己的房间。遇到特别寒冷的日子，父母尽量轮着在两个灶台上做饭，尽量让孩子们都能少受些冻。

春节前，家里要提前做很多的年货，一天下来要烧很多柴火，火炕就热得发烫了，甚至有时会把火炕上面铺的竹席烫黑了，根本无法坐落，更别说晚上在上面睡觉了。这时，晚上睡在这铺炕上的家人，就会极力要求在对面的灶台做饭。其实，做饭的主妇已经是充分考虑到两个灶台之间的平衡了，极力反对也没用。

夏天，天气本来就已经相当闷热，做饭时稍微烧些柴火，在火炕上睡觉就像蒸桑拿一样了。所以，免不了一家人争相要求在另一个灶台上做饭。这时，往往父母做出牺牲，免得孩子们晚上受煎熬。为了躲避屋内的炎热，大人和孩子们都会跑到户外乘凉，左邻右舍三三两两聚在一起谈天说地，一直持续到深夜，等待天气和火炕渐渐凉下来，才开始入睡。在天气特别炎热的时候，村民基本上就不生火做饭了，凑合着直接吃上顿剩下的饭菜。夏天的饭菜特别容易变馊，但即使变馊的饭菜，农民也舍不得丢掉，简单处理后就直接吃掉了，也未见农民经常因此闹肚子。

不同房间之间的墙壁是用土坯砌成的，表面也是用泥巴抹平的，不仅粗糙，而且时间久了泥土会脱落下来，所以还要用纸糊起来。用来糊墙的纸，多是废旧的报纸、孩子们不用的书本，以及年画等等，五花八门。孩子们在学校里得到的奖状，通常会整整齐齐贴在墙上醒目的位置。地处孔孟之乡，浸淫孔孟之道弥久，历代村民受其影响颇深，家家户户都十分重视孩子的教育。教育也几乎是农村孩子们摆脱农门的唯一出路，即使家里再穷，家长们也都节衣缩食供孩子们上学。孩子们读书读得好，是家长们最得意的事情，也是最值得炫耀的事情。

来串门的邻居，每次进门时都会对这些奖状先发表一番感慨，恭维主人教子有方。就是经常造访的邻居，也几乎每次都重新打听这些奖状的来由，仿佛是第一次看到这些奖状。客人的询问，总是能够点燃主人的得意之情，主人通常先谦虚一番，紧接着就会不厌其烦地重复着已经说过了多遍的故事。来客听了赞不绝口，频频点头，一遍又一遍地夸奖对方教子有方，斩钉截铁地预言这些孩子将来会如何如何的有出息。听着客人的恭维和奉承，主人一直笑得合不拢嘴，并适时夸赞对方的孩子会更有出息。彼此恭维一番过后，客人才会开始言归正传，不经意提起来访的本意，或是借农具，或是借钱，或是求帮工。

房间的窗户，大多是木头框架，窗户被横竖交错的木条分割成密密麻麻的小方格子。夏天的时候，村民用薄薄的纱帐罩在窗户上，既透风凉快，又防蚊虫叮咬。春秋季节，窗户上的纱帐就换成了纸。生活条件好的人家，用的是整张窗户纸，差一点的人家，窗户纸就只能七拼八凑了。冬天的时候，窗户纸久历风吹雨淋，已经开始逐渐老化，多处已经破烂，根本无法阻挡凛冽刺骨的寒风。窗户纸已经破了的地方，还要用纸补上。用来补窗户的纸，大多是临时救急找到的，和原来的差异很大，整个窗户看起来破烂不堪。

屋子里的家具，大都十分简陋。家家户户的家具都基本类似，无非就是大大小小、长长短短的几把凳子，几张杌子，一张八仙桌，一两张饭桌，一组衣柜，一组饭柜，仅此而已。村民大都买来木料，或者砍伐了自家的树木，请木匠量身定做。那时候，村民还尚未听说过人造板材，家具都用真正的实木做成。后来，三合板出现了，不仅非常便宜，而且做起家具来也方便，村里的实木家具就越来越少了。随着成品家具的生产越来越多，以及村民收入的逐渐增长，自己做家具的村民也越来越少了。

家家户户的院子也基本类似，通常建有一个猪圈用来养猪，建有笼子用来养鸡养鸭养鹅或者养兔子。夏天的猪圈，猪粪和臭水本来就多，再历经烈日曝晒，散发出极其浓郁的臭味，久久不散。如有微风吹过，臭味更是扑鼻而来，腥臊并与。猪粪是农民种庄稼最主要的肥料，猪粪只有历经夏天烈日的曝晒才能更好地发酵，肥力才更高，庄稼也才能长得更好，这也是村民几乎家家户户都养猪的重要原因之一。如果在种粮和讲卫生之间非要做出选择的话，村民自然会毫不犹豫地选择前者。温饱问题尚未根本解决之前，能填饱肚子比什么都重要，臭味再大又有何妨？

村民家里的厕所，通常建在院子的西南角落里，特别简陋，只是用茅草稍微遮挡一下而已。夏天时，苍蝇蚊子特别喜欢聚集在厕所周围，嗡嗡作响。冬天的晚上，屋外干冷，孩子们都不愿意晚上出来解手，往往一直憋到天亮。

院子里还有用荆条或柳条编织成的囤子，用来存放粮食。像是地瓜干、玉米棒子和带壳的花生，通常都存放在这些囤子里。小麦和去了壳的花生，要金贵一些，村民通常存放在屋里。

用来腌渍咸菜的大缸也是家家户户的标配，通常安放在院子的某个角落里。院子里或者院墙外，还会多多少少存放一些用来烧火做饭的柴火。为讨吉利，村民还会在院子里种上一棵梧桐树，盼望引得凤凰来。春天梧桐花盛开的时候，院子里会弥漫着梧桐花特有的香甜气味。也有人家在院子里种上一两棵果树，梨树和杏树居多，偶尔也可能是枣树或者苹果树。家长们对自家孩子管的都比较严，孩子们不敢偷吃自家的果子。等到邻居家的果子快要熟了的时候，男孩子们就开始虎视眈眈了。趁邻居家没人的时候，淘气的男孩子会经常结伴去爬墙偷摘。或者找各种各样的理由去邻居家串门，装着若无其事的样子在邻居家果树下不停地转悠。看着孩子们眼巴巴的可怜样子，邻居家的大人都心知肚明，索性就热情地摘下几个果子送给孩子们。讨到了果子的孩子，低声道谢之后，就迫不及待地捧着果子乐颠颠地飞奔出门了，唯恐主人反悔。看着别的孩子手中的果子，嘴馋心痒的孩子也会如法炮制。经不住孩子们三番五次的造访，往往树上的果子还没有到完全熟透的时候，就已经所剩无几了。家家如此，果子大多都被邻居家的孩子们吃掉了。

盖房子所用的石头，多是方方正正的大块石头。砌院墙所用的石头，则显得零碎多了，大小不一，形状各异。但是泥瓦匠们手巧，硬是用这些大小不一和形状各异的石头垒成了结实的院墙，只要有人居住，几十年下来也鲜见谁家的院墙会倒塌。特别贫穷的人家，索性就用散乱的树枝儿扎成篱笆，把院子围起来。

院子的门是一户人家的面子，村民都非常重视。院子的门，也称为街门，通常面对着村里的街道。街门既然重要，就不能太简陋。街门通常有两扇门板，每扇门板都尽量用整张木板做成。门板中央偏上方的位置，通常还有一副用铁或铜打造而成的门钉，门钉上镶有拉环，便于推门和拉门。门槛上方，是村民锁门后藏钥匙的地方。名义上说是藏，实际上钥匙放在那儿是公开的秘密，家家户户都是如此。村民把门锁上，用意是告知来访的邻居家里暂时没人，根本就不是为了防盗。未经主人允许，私自打开别人家的院门，就等同于偷盗。犯有偷盗行为，在村子里那可是绝不容忍的大事，会迅速传遍全村和十里八乡，一家人都会被视为贼，被大家同仇敌忾，尤其影响这家的孩子找对象。谁家姑娘愿意嫁给一个贼呢？谁家儿子又愿意娶一个贼呢？

　　街门的正上方建有门楼，富裕人家的门楼非常气派，镶有牌匾，刻上几个金碧辉煌的大字，老远就可以看到。

　　街门如此重要，以至于拆毁街门一度成为村里对违反计划生育政策人家的惩罚。依靠农业生产过活的农民，如果家里没有男劳动力，那几乎简直等于坐以待毙。如果没有儿子，家里也就断了香火，也就是"绝户"，不仅老无所依，而且愧对祖宗。对男劳动力的倚重，加上重男轻女的传统思想，没有儿子的人家总是想要生个儿子。我邻居家里已经生了四个女儿，其时他家老二跟我一样的年龄，可是邻居还是特别想要男孩，就偷偷躲到外地去再生了一个，孰料又是女孩，邻居为此郁郁终生。实施计划生育政策初期，如果发现哪家快要超生了，而又不听劝告，这家的街门就可能会被扒毁。为了阻止街门被扒，素来老实巴交的农民也会变成"暴民"，或手拿菜刀，或举起铁锹，或抡起锄头，全力捍卫。寡不敌众的时候，不仅街门被毁，还会因为反抗被扑倒在地，遭受一阵痛打。

　　村里人盖房子的时候，压根儿就想不到要留出专门洗浴的地儿，如此一来，村民洗澡就是件难事。天气暖和的时候倒还好说，村子里的水库、池塘、河流都是村民洗澡的去处。男人们，不管老老少少，在水库、池塘、河里洗澡的时候毫不避讳，经常赤条条地晃来晃去。调皮的男孩子洗澡时，大多只是勉强应付一下而已，凑在一起在水里忙着闹个不停。凑在一起洗澡的男人们，在看到女人路过的时候，胆子立刻就大了起来，荤话连篇。村里的年轻姑娘和刚刚过门的小媳妇儿，走路时都尽量避免路过男人们洗澡的地方，否则少不得一顿害臊。那些年龄大的妇女，或者泼辣的中年妇女，似乎并不刻意避讳，碰到男人们起哄的时候，甚至反倒能把光屁股的男人们弄得下不来台。

天气暖和的时候，小姑娘和小媳妇们洗澡可就困难多了。通常情况下，年长的女性会提前划定区域占领一个地方，夜黑的时候，召集周围的女人们一起去。女人们洗澡的时候，四处都要安排人专门把守，不许男人们靠近。

到天气变凉的时候，尤其是严冬时刻，村民洗澡就麻烦多了。很多村民几乎整个冬天都不洗澡。实在熬不住的，或者喜欢干净的，就在家里烧些热水，勉强凑合一番。

公共浴池倒是有的。1978年的时候，县城里有一家公共浴池，但是整个县城也就只有这一家，城里的居民也大多只能每月洗一次澡。后来尽管县里一些大的企事业单位也开设了浴池，职工也还要凭票洗浴。甚至到了1987年，全县各类浴池加起来也只有20多家。城里的居民洗浴都很困难，村民要想去县里洗浴，当然也就难上加难了。

我在县城读高中的时候，冬天洗浴还是件难事。幸亏家里一个亲戚在发电厂工作，有时会带着我偷偷混到单位的浴池里去洗浴。班里一个同学的爸爸是机械厂的头头，特别热情，工厂里也开有职工浴池，有时也会邀请我们几个要好的同学偷偷溜进去洗澡。

随着生活状况的好转，乡镇上也陆陆续续地开设了浴池。村民家里也渐渐地用上了太阳能，村民冬天洗澡难的问题才开始逐渐得到缓解。

随着外出务工的农村青壮年劳动力越来越多，在不知不觉中，村里的人气也越来下降了，闲置的空房也越来越多。再次回到村里时，很多闲置了多年的房屋已经杂草丛生，有些墙壁已经倒塌，长期无人理会，一片凄凉。

九　靠腿走路的出行

改革之初和改革之前的日子，村里的自行车数量极其少，全村加起来一共也就十几辆。如果要去离村子30多公里远的县城，倒是可以乘坐长途公共汽车。但长途汽车票价很高，来回一趟要花将近1元钱。路途远，步行单程就要大半天，自行车又少，坐汽车又贵，所以除非迫不得已，普通村民很少去县城。在我考上县城的重点高中之前，仅仅去过一次县城。从偏远农村考入高中的同班同学，也大多都是因为考上高中才有机会第一次进城。

村民日常出行基本就靠双腿走路了。不论是过年过节，还是平日里出门串亲戚，去周围村庄或镇里赶集，孩子们去上学，绝大多数都要步行。

步行，尽管辛苦，但也其乐融融。过年时，家家户户都要出门串亲戚。串亲戚的时间其实也不长，一般正月初三开始，正月十五结束。大人们一般要留在家里，等候招待前来串门的亲戚。所以，孩子们，尤其是小孩子们，是过年出门串亲戚的主力。亲戚们之间往往也离得不太远，多数也就 10 里左右，远的也就 10 公里左右。离得太远的亲戚，在自行车普及之前，三五年才走动一次。山路通常要比公路近一些，所以过年串亲戚那几天，连接村庄之间的山路上，行人熙熙攘攘，络绎不绝，好不热闹。

孩子们乐意出门串亲戚。在自家里，家长总是尽力把好吃好喝的留给客人，慢待自家的孩子。去了亲戚家，年龄再小的孩子也是客，都可以有模有样、堂而皇之地坐在宴席之上，有滋有味地享受一番。年龄小的孩子，甚至有可能从亲戚那里得到一角或两角的压岁钱，最起码口袋里也会多了几块糖。

凡是孩子们掺和多的活动，乐趣就多。君不见，崎岖的村间小路上，有多少孩子拎着塞满礼物的篮子，一路上吵吵闹闹，追逐嬉笑不停。路上，也不时会迎面碰上别村前来串亲戚的孩子，大家彼此客气地打着招呼。一路上欢声笑语，孩子们倒感觉不到走路的辛苦。孩子们大都会算计着时间，在午饭前准时赶到亲戚家里。酒足饭饱之后，孩子们就又要步行回家了。少了来时的期许，但多了一些满足，所以孩子们步行回家的路上也充满了欢乐。

春节前后，正是雪季。山路上的积雪长时间不化，甚至有时没至膝盖。在积雪的崎岖山路上行走，可谓举步维艰，一不小心就容易掉进山沟里。孩子们走雪路时，会带一根木棍，在不熟悉的路段小心翼翼地探索着。

村里的自行车数量少，一个重要的原因就是自行车属于贵重物品，不是普通的农民之家可以买得起的。城里也是如此，平均十几家才会有一辆自行车。当然，那时候，自行车仍属指标性供应商品，凭票供应，所以即使农民买得起，也难以买得到。尽管从 1980 年开始，国家开始鼓励个人从事商品零售，个体工商户也迅速增加，但一直到1984 年，自行车依旧实行计划批条供应。此后，随着村民收入水平的提高，以及自行车产量的提高，村里的自行车数量才开始渐渐增多。自行车，连同手表和缝纫机，好长时间内都是农村的"三大件"，也是农村娶媳妇要购买的重要物件。这时，即使家里一时还没有购买自行车的，也容易从邻居家里借到。出门串亲戚的，赶集的，甚至去远处地里干活的农户，越来越依赖自行车了。刚开始，女式自行车较少，男女老少都骑二八式的自行车。后来村民生活富裕了，女式自行车开始渐渐多了起来。1986 年，家境殷实的村民开始购买摩托车了，品牌主要是"幸福250"和"嘉陵70"。在 20 世纪 90 年代前后，摩托车还一直是村里的新宠，时髦的青年小伙骑在摩托车上耀武扬威，好不拉风。随着自行车的渐渐普及，摩托车的日益增多，距离似乎渐渐都变短了，村民的活动半径大大增加了。

渐渐的，从村里路过的公共汽车也增多了，小型中巴增长得尤其迅速，出租车也开始雨后春笋般地冒了出来，汽车渐渐走进了普通百姓的生活。村里的农用拖拉机日益增多，农忙时不仅省了很多力气和时间，也能用来代步。村里娶媳妇的，用汽车迎亲的也越来越多。个别村民，甚至已经开始购买小汽车了。

火车、轮船和飞机，那时间离绝大多数村民的生活都很遥远。我平生第一次乘坐火车是1989年，那一年，我考上了省城的大学。即使到了2002年，乘坐过飞机的村民也寥寥无几。那一年的春节，我坐飞机回的老家。拜年的时候，父母得意扬扬，逢人就刻意强调我是坐飞机回来的，惹得村民羡慕不已。

而今，村民乘坐火车、汽车、飞机出行，已经不是新奇的事情了。举家自驾出行旅游，村民也已经习以为常了。随着村里青壮年劳力外出的日益增多，渐渐的村里就只剩下上了年纪的老人了。随着收入的逐渐增加，去县城购买房屋的村民也渐渐增多，村里的人气越来越低了，骑自行车的人也越来越少了。

十　断断续续的供电

　　村子里通电的时间较晚。不仅仅是我所在的村子，当时全县绝大多数的村庄都还没有通电，通电的村庄非常稀少。直到 1993 年，县里才实现了村村通电，户户通电更晚一些。

　　每当夜幕降临的时候，家家户户就会点起煤油灯。会过日子的人家，心疼油钱，煤油灯的灯芯也都不长，否则煤油用得太快。晚饭时间，一家人围在昏暗的煤油灯边，一边吃着饭，一边聊着家常。晚饭结束后，妇女们或许还要在昏暗的灯光下做些针线活，缝补破旧的衣服，孩子们也要在昏暗的灯光下做作业。煤油灯的烟灰特别多，时间久了，经常放煤油灯的地方，周围的墙壁上，或者屋顶的天棚上，都会留下厚厚的烟熏的痕迹。有的家庭，更为节俭，天黑之前就已经早早吃完了晚饭，免得点灯浪费煤油。

也有的人家，用乙炔灯照明，让邻居们煞是羡慕。

蜡烛有些贵，村民偶尔用之，过年的时候除外。过年的时候，村民都把最好的东西先供奉祖先品尝。在供奉祖先的八仙桌上，摆满了丰盛的美食佳肴。蜡烛自然也不能少，而且还不能太细，否则，光线太暗，祖先们可能无法好好享用供品。所以，八仙桌的烛台上，必定有两根又粗又高的红蜡烛，彻夜不息，熠熠生辉。

除夕晚上，村民也都要点燃蜡烛来照明。但毕竟蜡烛太贵，在年夜饭结束后，很多村民就赶紧吹灭蜡烛，重新点上煤油灯。没用完的蜡烛，则要小心储藏起来，以待明年再用。

村里终于要通电了。那一年是1982年。随着一根根电线杆在村子里立起来，村里的人家先后开始陆续通电了。用电要花很多钱，村民要自己负担安装电表的费用，还要负担购买电线和灯泡的费用，更要负担用电的费用，这些加起来是一笔不菲的开支。所以，即使电线通到了家门口，村里还有很多人家不通电。

家里要通电的那一天，全家人一整天都特别开心。受电力不足的影响，那时候村子里白天基本不通电，只有晚上7点之后才通电。从中午接通电线之后，一家人都满怀喜悦地等待着晚上7点钟的到来。那天晚上，恰好村了里放电影，我缠着爸爸留在家里一起等待来电的那一刻。那时候，晚上通电还不正常，结果到那天晚上 7 点多钟的时候，家里还是没有来电。我一直不死心，仍旧热切地盼望着突然来电，结果一直等到深夜，等电影都散场了，也没有等到家里来电，弄得我嘀嘀咕咕抱怨了一晚上。

电费也是一笔不少的开支，大多数村民都尽量购买使用功率小的灯泡，大多 5 瓦或者 25 瓦。只有在除夕晚上，村民才舍得换成 60 瓦或 100 瓦的灯泡，弄得喜庆一些。等过了初二，村民就又赶紧换成小功率的灯泡。也有的人家，为了节约电费，即使家里通了电，也不时用煤油灯来取亮。

通电不正常是特别烦人的一件事。经常一家人正在吃饭的时候，突然间就停电了。所以家家户户都要提前准备好煤油灯，以备救急。

不仅村子里经常突然停电，学校里也难以幸免。上初中的时候，教室里晚上用电灯照明。晚自习期间，教室时常停电。每个学生都要准备好蜡烛，停电的时候，老师们点上蜡烛还要继续上课，学生们借着昏暗的烛光继续听讲。

晚上不时出现的停电，一开始倒是没有引起村民太多的不快，毕竟晚上照明也没有那么特别重要。后来，黑白电视和彩电开始走进村民的生活，情况就不同了。20 世纪 90 年代之前，家中有电视机的村民还比较稀少，十几个或

者几十个邻居经常跑到有电视机的人家里看电视。有时，
电视剧剧情正紧张的时候，突然就停电了，村民可就不干
了，骂骂骂咧咧大半天。有机会看电视的时间不多，所以
若当正看电视的时候突然停电，剧情就只能错过了，很难
有机会再次观看。错过的剧情总是悬念，大家骂骂咧咧实
属正常。

十一 贫乏多彩的娱乐

富有富的乐趣，穷有穷的乐趣。用现代的眼光来看，在那个贫穷的年代，村民的休闲娱乐活动既单调贫乏，却又丰富多彩。

改革之初，收音机在村里还是奢侈品，平均七八户人家才有一台，更别说电视机、录音机了。直到1981的时候，县里才开始销售黑白电视机和录音机。

那时，村里家家户户都安有一个小喇叭，这是村民收听新闻报道、知晓国家大事最主要的信息来源，也是村民听歌曲、戏曲、评书最主要的渠道，更是村里、乡里、县里发布命令的最主要渠道。每至傍晚六七点钟，喇叭里就会传来广播的声音，讲述祖国的大好形势以及美帝的丑恶行径。新闻过后几分钟，就是评书的广播时间，反复重复着《杨家将》《岳飞传》《三侠五义》等经典老故事，老老少少每次都听得聚精会神。次日见面时，村民就交流着评书里的内容，表达着自己的喜好，发表着自己的见解，意见不合时，甚至争论得面红耳赤，不欢而散。

改革后不几年，部分村民家里有了收音机，但是信号不好，只能收听到两三个频道。因为收音机可以重复前一天的评书内容，所以有收音机的村民家里，经常不时聚集着一群大人和小孩，津津有味地收听前一天的评书故事。一群人围在小小的收音机周围，除了收音机里传来的声音以外，鸦雀无声，一片寂静。间或偶尔有心急嘴快的孩子，前一日已经听了一遍评书，又喜欢卖弄，不时预告下面要发生的故事，立刻招来一顿白眼。评书时间结束后，大方一点儿的村民还会再让大家收听其他节目。但是众口难调，主人非常为难。尤其是孩子们，不停地叫喊着换节目，甚至干脆直接冲到收音机前面，争抢着旋转调频按钮，半天也不肯撒手。其他人实在烦了，呵斥一通，孩子们才肯罢手。当然，在别人家听收音机的时间也不会太长，否则惹烦了主人，下次再来就可能不受待见了。主人有时也心疼购买收音机电池的花费，及早地婉转地表达出要结束之意，围听的村民只好恋恋不舍地各回各家。

电视机开始进入村民的生活，则是改革后好多年的事情了。一则，因为村里通电很晚；二则，对于绝大多数一年只有几十元现金收入的村民而言，花好几百元钱购买电视机是绝对不敢想象的事情；三则，有钱也难以买到，只有托关系搞到票证批条才行。凡事总有先行者，也总不乏神通广大者。几户有钱的村民陆陆续续地买了电视机。这几户人家，立刻就成为村民竞相竭力讨好的对象。村民的讨好，多半是为了看电视时的便利，一则免得去看电视节目的时候不受待见，二则主人会提前给留个好位置。这几户人家当然也就成为村里最热闹的聚会点了。到了电视剧连播或者精彩武打片的时间，这几户人家就挤满了前来看节目的村民。节目精彩的时候，每个人都紧紧地盯着屏幕，唯恐一不小心错过了什么。人实在太多的时候，主人就把电视机挪到院子里。精彩的节目结束之后，很多村民都不舍得离开，一直熬到电视机没了信号为止。碰上爱惜电费和电视机的主儿，围观的村民也只好知趣地离开。

村里放电影的时间，全村可就几乎倾巢出动了。每隔一两个月的时间，村委会就会邀请放映队来村子里放电影。在得知要放电影的消息后，提前两三天时间，家家户户就开始去电影场占位置。占位置，其实也就是家里的大人或孩子去露个面儿，放一块草席子在那儿，或者搬几块石头，宣示一下自己的主权而已，村民彼此之间都心照不宣。等到了放电影前的那天下午，占位置用的草席子、石块就换成了凳子。占位置多的村民，也会分一些给没有占到好位置的亲朋好友。

附近村庄的农民也有赶过来看电影的。村里有亲戚的，会坐到亲戚提前占好的位置，没有亲戚的，就只能找个偏僻的角落了，或者干脆坐在屏幕的后方观看。在屏幕后方看到的是背影，图像又模糊，所以屏幕后方的观众不多，位置空闲。调皮的或者对电影不感兴趣的孩子们，也经常躲在屏幕后方凑热闹，只有当电影进行到激烈的情节，才间或抬头看一小会儿。

村里放电影的时候，一般每次都是两个片子，在正式片子放映之前还有一个短的加演片。夏天的电影场上，蚊子特别多。冬天，则又天寒地冻。电影放映不到半小时左右，有些小孩子就熬不住了，有些小孩子对电影的内容本来也不感兴趣，但又舍不得离开，索性就睡在大人的怀里。

1978 年的时候，我刚刚 7 岁。那时候，上至十几岁，下至三四岁的孩子，都正处于好玩的年龄。女孩子和男孩子之间，玩的时候界限十分清楚。这种界限，主要是男女授受不亲的传统习俗造化使然。大人们警告，男孩子和女孩子一起玩会烂脚趾头，孩子们也都当真。所以，许多本来男孩女孩可以一起玩的游戏，也是男孩子一堆，女孩子一堆，各玩各的，互不搭理。

当然，男女之间的性别差异，也是男孩子女孩子各玩各的一个重要原因。男孩子们喜欢玩的，多是具有挑战性和竞争性的游戏，孩子们非要比出个胜负和争出个高下来，才肯罢休。女孩子们没那么争强好胜，玩的多是一些需要一起合作的游戏。

男孩子们，几乎人人都至少有一副弹弓。弹弓的制作十分简单，所需的材料也很简单，只需一根 Y 形的树杈，一副 1 厘米宽、20 厘米长的橡皮筋，以及一片长 3 厘米、宽 2 厘米的牛皮，再加上些细麻绳或线即可。Y 形的树杈并不难找，杨树、柳树和槐树上，总是有数不清的枝枝杈杈，孩子们在山上干活的时候，经常会把适合做弹弓的树杈掰下来。家里的大人也会格外留意，把见到的好材料留给孩子。只不过，完全对称的树杈很难找到，两根树杈往往长相不完全对称，或者粗细不一，所以还需要再加工一番。不对称的树杈，要在未干透之前，先放在火上烤一下，用力挤压成对称的形状；粗细不一的树杈，还要用刀子进行加工。和比比皆是的树杈相比，橡皮筋和牛皮则显得稀缺和珍贵多了。常用的橡皮筋主要源于自行车的内胎。当时的农村，自行车本来就是稀罕物，废旧的自行车内胎也就更不多见，橡皮筋的来源自然就稀缺了。自行车内胎做成的皮筋，沾水后或者用久后就疲了，容易断裂。也有的孩子，用输液管来做皮筋，不仅两根皮筋的弹性对称，而且弹性也好，是孩子们眼中做弹弓的极品。小片的牛皮也不多见，走街串巷的鞋匠，经常被一群眼睛瞪得圆圆的男孩子围起来，孩子们急切地盼望着能抢到一小片的牛皮下脚料。弹弓所用的弹丸，主要是石子和泥丸。大小合意的石子需要孩子们自己加工，胆子大的孩子，有时也会到附近的石子厂偷一些来。泥丸的加工则简单多了，到处可见的黄土和上水，不用花费多少时间，孩子们就搓出几百个玻璃珠大小的泥丸，晒干后就是上好的弹丸。

　　弹弓一旦在孩子手中，村里的鸟儿和知了可就不安生了。一年四季，总是有不少的鸟儿会停落在树上和电线上。孩子们总是意气风发，经常用弹弓去袭击这些无辜的鸟儿。大多数情况下，鸟儿们都安然无恙。受到孩子们袭击的鸟儿，往往只是振振翅膀，飞到不远处的电线上再落下，或者飞到附近的另一棵树上，或者只换个树杈而已，依旧叽叽喳喳叫个不停，煞是藐视这些技艺不精的孩子们。

　　春夏之际，河边柳树上的鸟儿，婉转的叫声此起彼伏，更容易激起孩子们的斗志。十几个男孩子成群结队，循声跑去，齐刷刷地站在一起，用力拉满弹弓，跃跃欲试。十几颗弹丸几乎齐发，还是有些杀伤力。这个季节的鸟儿，似乎也格外警觉和聪明，往往在孩子们弓已满、弹未发之时就飞走了。但一天下来，总有命运不济的鸟儿被乱弹齐发击中。每当此时，孩子们的大呼小叫几乎响彻九霄，附近的孩子们也会闻讯赶来，纷纷表示祝贺，羡慕之情也溢于言表。击中了鸟儿的孩子，或者以为自己击中了鸟儿的孩子，一脸的得意，那种得意扬扬的样子，在孩子堆中显得格外扎眼，极其容易辨认出来。漂亮的鸟儿羽毛往往会被珍藏起来，作为孩子们将来炫耀的资本。但有收获的时候多是意外，所以一整天下来，孩子们总是在不停地惋惜着，惋惜着就差那么一点点儿就命中目标了。

夏天的树叶格外茂密，晚上许多鸟儿会躲进树叶里过夜。有时候，经不住孩子们的死缠乱磨，大人们也会一露身手。漆黑的夜晚，如果用强光手电筒照向鸟儿，鸟儿就往往傻呆呆的不知所措，这时候用弹弓打中鸟儿就相对容易多了。

如果说用弹弓打鸟儿图的主要是好玩，用弹弓打知了就完全纯粹是为了玩了。因命运不济而被打中的知了，基本上都面目全非，毫无价值了。

孩子们用弹弓打鸟儿和知了，还不会造成多大危害，但只要弹弓拿在男孩子手中，总是危机四伏。除了人之外一切移动的物体，还有屋外几乎一切静止或几近静止的物体，都是男孩子们跃跃欲试的目标。或是远处的树干，或

是屋顶上方的装饰物，或是远处的鸡鸭猫狗，甚至是闲置
房屋的窗户，都有可能成为孩子们比试弹弓技艺的靶子。
有时，技艺不精的孩子会误中村民，惹来一阵痛打。这些
比试，总是多多少少具有破坏性，难免引起大人的呵斥，
回家后再遭受家长的一顿痛打。

最危险的莫过于用弹弓互相开战。战争一般都选择在
离村子不远的田地里举行，弹丸主要是泥丸。十几个男孩
子分成敌我两拨，相隔百十米远，中间划定边界，谁也不
许越界进行攻击。战争开始后，双方就开始用弹弓射向对
方队伍。离对方距离越近，射中对方的概率就越大，当然
被对方击中的危险也就越大。双方的头领要根据战场的变
化，选择合适时机发出命令，组织进攻。只要被对方子弹
击中的次数达到三次，就算失败。混战之中，难免有人会
被击中头部，甚至头破血流，此时，战争便立刻宣告结束。

陀螺也是男孩子们一年四季常玩的游戏。自己动手制
作陀螺本身就是一件乐事儿。只要找到大小合适的圆木，
孩子们就会用锋利的刀子进行精雕细刻，圆木的一端被削
成锥形。好的陀螺，讲究的是形状对称，如果形状不对称，
陀螺转起来就不平稳。所以，孩子们要反反复复地用刀子
进行修整，做一个稍微大一点儿的陀螺，最起码也得花个
把小时。锋利的刀子，经常会弄破孩子们的手，但正在兴

头上的孩子们也不在乎，用唾沫抹一抹，或者干脆把出血的地方放在口中含一会儿，就算是疗伤了，丝毫不影响做陀螺的好心情。有时，大人也会帮孩子们一起做陀螺。陀螺顶端还要装上一个金属球，俗称砂子，大多取自自行车车轴上的滚珠。打陀螺的鞭子，大多用麻绳制成，有时也用破旧的布条或鞋带。奢侈一点儿的，用细长的牛皮条儿做鞭鞘；最奢侈的，莫过于整条鞭子都是用牛皮制成的。陀螺会被涂上不同的颜色图案，使其在旋转起来的时候更好看一些。房前屋后，或者村子里稍微平坦一点儿的空地上，尤其是水泥地上，经常会看到五六个男孩子聚在一起比赛陀螺。比赛的时候，孩子们卖力地挥动着鞭子，不停地抽打陀螺，比比谁的陀螺旋转的时间更长。旋转时间的长短，主要取决于陀螺制作的质量和挥鞭子的技术，这也都是男孩子们十分用心钻研的地方。比赛的场地上，鞭子抽打陀螺的声音清脆响亮，不绝于耳。布条、麻绳或者鞋带做成的鞭子，抽打久了容易断裂。每当鞭子断了，孩子们就会长吁短叹，立刻一溜烟儿地跑回家，抓紧制作一条新鞭子，重新回来参战。有时，大人们在旁边观战和点评，孩子们就更加卖力。胜利者昂首挺胸，失败者反复叫喊着下次再战。

冰面更加光滑和平坦，陀螺旋转的时间会格外长一些，所以，在冰面上玩陀螺，是男孩子们在冬天里最惬意的事情之一。冬天，当河面或者水库结冰的时候，男孩子会相约而至进行比赛。不久，男孩子们就会大汗淋漓，有的索性就脱掉棉衣。冰面上非常光滑，玩陀螺的时候，稍不注意，就会摔个四脚朝天，引起众人大笑。冰面不结实的时候，尤其是早春冰面开始融化的时候，经常会有男孩子连同陀螺一起掉进冰窟窿里，险象环生。回家挨顿训斥不说，单就掉进了冰窟窿里而损失的陀螺而言，就足够让男孩子耿耿于怀好长时间了。

村子里有几条细长的河流，河里不时有鱼虾出现。尽管都是些小鱼小虾，但也能激起男孩子们的兴趣。大一点的男孩子，经常挽起袖子和裤腿，站在河水浅处，试着徒手抓鱼摸虾。河里的小虾行动相对慢一些，容易被孩子们抓住。被抓住的小虾，有时会被直接放在河边的石头上曝晒，成为孩子们口中的美食。鱼儿溜得快一些，转眼就不见了，试图徒手抓鱼的孩子们大多空手而归，反倒是把浑身上下弄得湿漉漉的。年龄小的孩子，不敢下水，就只能用纱网去捞，反倒是收获多一些。

河里的石头下面和水草茂密处，经常会趴着个头大一点儿的鱼。淤泥多的地方，还有很多泥鳅。四五个男孩子经常会结伴，手拉手形成一个包围圈，悄悄地向石头或水草靠近。当包围圈缩小了，鱼儿又没有觉察到的时候，鱼儿很可能就成为孩子们的俘虏。有时，孩子们会模仿大人的做法，用泥巴围起来，隔离出一小块水面，然后把水排干，竭泽而渔，收获颇丰。

鱼虾是猫儿的最爱之一，孩子们捉到的小鱼小虾，大多都用来喂猫了。当看到自家猫咪狼吞虎咽、呜呜作声时的贪婪吃相，孩子们油然而生很大的成就感。

孩子们有时会在玻璃瓶里放些诱饵，用绳子拴起来放到水中，诱捕一些小鱼小虾，带回家中养起来。不过，这些鱼虾多数活不过几天，便一命归西了。

水库边的浅水处，鱼虾就多一些，个头也大一些。在枯水期，孩子们往往会跟着大人们一起去水库边捉鱼摸虾。大人们力气大，干活麻利，经验也丰富，很快就用淤泥围起数十平方米的地方，然后用脸盆或铁锹把里面的水往外排。随着越来越多的水被排出去，水面也越来越低，受到惊吓的鱼儿虾儿开始四处逃窜，放眼望去，水面上全是活蹦乱跳的鱼虾。等到把水几乎全排干了，无处可躲的鱼虾就只能任人宰割了。孩子们争着抢着捡拾鱼虾，忙得不亦乐乎！

有时，淘气的男孩子会把目标瞄向青蛙。夏天的水边，或者水草茂盛的地方，经常会有成群的青蛙出没。一旦被男孩子捉住，青蛙的命运就悲惨了。胆大的男孩子，会活生生地割下青蛙的大腿，生上一堆火烤着吃。不过，孩子们都知道青蛙是益虫，逮青蛙的时候都偷偷背着大人。一旦被大人看到，孩子们就四散逃跑，回到家中免不了家长一顿数落。

鸟儿经常在树上做窝，也有的鸟儿把窝做在房顶的瓦块下，或者房屋山墙的石缝间。鸟窝往往都很高，有的甚至在高耸入云的树梢上。掏鸟窝自然主要是大孩子的事，年龄小一点的孩子，只有仰着脖子羡慕地看着的份儿。家长们一般都不允许孩子们爬屋顶和山墙去掏鸟窝，一则可能对房屋造成破坏，二则有鸟窝的地方，也经常有蛇出没。但是，孩子们经常背着大人，偷偷地爬上梯子去掏鸟窝。村民相信蛇怕烟火的说法，所以，掏鸟窝的时候，孩子们会煞有介事地叼着一根香烟，防备有蛇突然窜出来。有时候，嘴里叼根香烟根本就无济于事，蛇照样会突然冒出来，胆小的孩子有时被吓得直接从梯子上重重摔下来。

春天的山野草丛里，有时也会发现鸟窝。孩子们会紧紧盯着草丛里飞起飞落的鸟儿，希冀有所收获。一旦成功得手，鸟窝里的蛋就被孩子们没收了，羽翼未丰的幼鸟则被当宠物养起来。为了喂养这些嗷嗷待哺的小鸟，孩子们经常要到田野里去捉蚂蚱和小虫子。当孩子们把蚂蚱和小虫子塞进黄口嗷嗷的幼鸟嘴中的时候，极其认真，满脸的爱意，慈祥至极。从孩子们的脸上，你丝毫想象不出他们掏鸟窝时的残忍。随着小鸟一天一天地长大，孩子们就开始教小鸟练习飞行。等鸟儿长到可以展翅高飞的时候，孩子们就用绳子拴住鸟儿的腿，或者把鸟儿的羽毛剪短，以免鸟儿飞走。失去飞翔自由的鸟儿，往往活不多久。一夜醒来，孩子们经常会发现鸟儿已经死掉了。孩子们少不了一阵悲伤，甚至会掉下几滴眼泪，一边哭着，一边挖个坑儿把鸟儿埋了。孩子们爱鸟儿，所以养鸟儿，却又最终害死了鸟儿。性善乎？性恶乎？

夏天的傍晚，蛰伏在地里的知了猴就会钻出地面，爬到附近的树上或灌木丛上。每当夜幕降临的时候，孩子们就会带上手电筒，钻进树林和灌木丛里去寻找知了猴。

知了猴行动非常缓慢，一旦被发现，就逃脱不了束手就擒的命运。有些知了猴刚刚弄开洞口的土层时，就被孩子们发现了。孩子们会静静地等着，观望着，等到以为万事大吉的知了猴刚刚爬出地面，孩子们就立刻轻松地将其收入囊中。也有些孩子实在等不及，找一根小树枝伸进洞口，不明就里的知了猴就抓住树枝被骗了出来。有些孩子更心急，干脆用铲子挖开洞口，直接进行活捉。夏天雨后的傍晚，等待破土出洞的知了猴格外多。这时，孩子们用铁锹铲除表面的土层，知了猴的洞口就会清楚地显露出来，这时逮住里面的知了猴，简直就如探囊取物般容易。

一两个小时下来，孩子们可以收获几十个乃至上百个知了猴，多数知了猴会成为大人和孩子们的美食。有时，孩子们会把知了猴挂在纱窗上，或者挂在蚊帐上，第二天一早，知了猴蜕皮化为知了，成为孩子们的玩物。

漆黑的深夜，在树林的开阔处，有时孩子们会点起篝火，一起用力晃动树木。受到惊吓的知了，会鸣叫着一头扎向篝火，任由孩子们宰割。

躲过夜晚浩劫的知了猴，一夜间就渐渐完成蜕化的过程，黎明之际，羽翼即丰。也有一些孩子，会赶在黎明之前，早早起来，去捕捉那些刚刚蜕皮、羽翼未丰的知了。这时候的知了，翅膀还略显白嫩，不能远飞。还有一些知了正在蜕变之中，丝毫不能移动，只能乖乖束手被擒。

黏知了就有些挑战性了。炎热的夏天中午，是黏知了的最佳时机，一则知了鸣叫，循声容易发现，二则光线明亮，即使没有蝉鸣也容易发现猎物。知了通常躲在树木的高处，黏知了就需要长长的杆子。杆子不能太细，否则容易弯曲，很难准确靠近知了。黏知了，还需要面筋。孩子们从家里抓一把麦面，和上一些水做成面筋，然后用树叶把面筋包起来，夹在腋窝下面，不多会儿，面筋就有了很强的黏性。有时，孩子们直接抓一把小麦放在口中，反复咀嚼，也能直接嚼成面团。有了杆子和面筋，就可以开始动手黏知了了。孩子们举着高高的杆子黏知了，自然颇费体力，不一会儿就手臂发麻，脖子酸痛。一旦发现目标，孩子们就聚精会神地昂着头，慢慢地移动杆子靠近知了。知了被黏住的时候，急于摆脱时就不停地振翅挣扎，并不停地鸣叫。孩子们会立刻兴奋地大叫，黏知了时的辛苦立马就烟消云散了。被黏住的知了，或被放进袋子里，或被用绳子穿成长长的一串儿。不甘束缚的知了，仍会声嘶力竭地叫着，实在叫累了，也会突然间一起沉静，等到又有落难的知了加入的时候，又会嘈嘈杂杂合唱一番。

黏知了也会付出代价。树林和灌木丛里，生长着数不清的刺蛾。孩子们裸露的皮肤一旦碰到刺蛾，立刻就会肿成一片，奇痒难耐，持续多日。

枪是男孩子的最爱。三四岁的小孩子，常常玩的是用木头或者泥巴做成的枪。大一点的孩子，不屑于这些假枪，喜欢玩的是洋火枪。顾名思义，洋火枪就是用火柴作为子弹的枪。其时，因为火柴是从洋人那儿引进的，所以又被称为"洋火"。孩子们大都会自己动手制作洋火枪。只要有了粗铁丝、自行车链条、空弹壳、橡皮筋，孩子们不用半日就能做成一只洋火枪。只不过在当时，要找齐这些材料实属不易，所以有洋火枪的男孩子往往趾高气扬，不论是别在腰里，还是举在手中，一举一动都模仿着电影里指挥官的样子，指挥着其他的男孩子。当时，两分钱才能买一盒火柴，大人们都不会由着孩子们玩洋火枪。孩子们经常要从家里偷偷拿些火柴，一旦被家长发现，洋火枪就有被没收的风险，所以孩子们只能偷偷躲着家长玩。

洋火枪用火柴做子弹时，威力不大。但是，弹壳里也可以装火药。有时，孩子们会把鞭炮拆开，取出里面的火药，再装进弹壳里封紧，甚至还会掺进一些铁砂，这样洋火枪的威力可就大了。不知轻重的男孩子一起玩的时候，难免会受到伤害。

孩子们的娱乐活动还有很多很多，稍微文雅安静一点的，有打扑克，下象棋、五子棋，叠纸飞机；活动量大一些的，有跳绳、跳格子、扔沙包、滑冰游泳，以及老鹰捉小鸡等等；具有小赌意味的，包括摔纸包、弹杏核、碰硬币、碰木块等等。

十二　艰辛的求学之路

劳动的艰辛，生活的拮据，令人刻骨铭心，透入每一个孩子的骨髓深处，也深深地烙在每一个孩子的脑海里。其时的城乡差异是巨大的，城镇居民的收入水平几乎是农村的 4 倍。家长们都盼着孩子将来能逃离农村，能有个城市户口，能娶个城里的姑娘做媳妇。一旦有了城市户口，孩子就不用再下地干活卖苦力了，就可以吃饱穿暖了，就不用再挨饿受冻了；一旦有了城市户口，就能娶个城里的媳妇，生的孩子也是城市户口，日后子子孙孙就再也不用种地了。"再不好好学习，将来就要种一辈子的地！"这是村里的大人们训斥孩子时，最常挂在嘴边的一句话。

读书是农村孩子改换门庭的不二法门。自古以来，尤其是 1500 年前的隋唐以降，哪朝哪代不是如此？隋唐以降，稍稍殷实的家庭或者宗族，都不遗余力地送孩子读私塾或进公学，图的就是孩子们能够当个秀才，中个举人，录为进士。读书人如果通过了府县考试，就是秀才了。尽管秀才还只是个学生身份，但有了秀才的身份，也跟士绅差不了多少，不必再受耕田之苦，也能衣食无忧。倘若乡试中试，那就是举人了。一旦成了举人，那更意味着从此基本不再受奴役之苦，最不济也能弄个知府、知县、知州的师爷当当，步入小康有加的生活。范进中举后疯了，不就是因为太过激动，才欣喜若狂了吗？倘若会试中金榜题名，录为进士或进士及第，进了翰林院，那就几乎相当于等额进入国家的后备干部库了，最低也能混个知县、知府级别的官当当。至于金榜题名中了状元、探花、榜眼，进了翰林院的，三公九卿的位置差不多就指日可待了；出则鸣锣开道，前呼后拥，入则锦衣玉食，丫鬟环伺；不仅一人得道，更可光宗耀祖，连鸡犬都会升天。

旧时的孩子们之所以寒窗苦读，头悬梁，锥刺股，凿壁借光，囊萤映雪，不就是为了摆脱乡野村夫之名，谋取功名利禄吗？在印刷术出现之前，就是有钱人家的孩子，读书也十分困难。"黄金满箱，不如遗子一经"，说的不就是有钱人家弄本书给孩子读都难吗？当然，我们也不能因此低估了读书人经世济民的鸿鹄之志。虽大多数人为求功名利禄而读书，但读书人都或多或少有内圣外王的情怀，求的是"为往圣继绝学，为万世开太平"。

改革之初，上学读书几乎依旧是农村孩子改变命运的唯一出路。能脱离农村，换成城市户口，唯一的途径就是考上中专或者大学。地处礼仪之邦，浸淫孔孟之道两千多年之久，村里的每个石头似乎都透着重视教育的气息。村民当然也格外重视孩子的教育，除非孩子的学习成绩太差而无可救药，否则，家长绝不允许孩子有退学的念头，孩子更不会主动放弃上学的机会。

村里有一所育红班，跟现在的幼儿园差不多，主要发挥看孩子的作用，是名副其实的托儿所。村里还没有实行家庭联产承包责任制的时候，考不上学而下学回家的孩子，只要能干农活，就要去生产队里参加劳动挣工分。1978年前后，村里孩子能考上初中的，不到80%，能考上高中的，连1/3都不到。大部分孩子读完初中后，考不上高中，就只能放弃学业了。村里初中毕业的孩子，大多都十五六岁了，在生产队里干活就算整劳力，一天10个工分；十五六岁以下的孩子不算整劳力，工分打折，生产队根据孩子年龄大小和劳动强度，一天给记5个左右的工分。挣工分，就意味着挣钱，所以，能干农活的孩子们都去生产队里干活。这样一来，白天的时间，村民家里就只剩下老弱病残了。一些农户家里甚至老弱病残都没有，学龄前的孩子白天没人照看，村里就挑选了几户家里房子宽敞的，或是房子富余的，作为幼儿园，安排一个老师专门负责。其时，十年浩劫刚刚结束不久，村里的劳动力文盲半文盲占 1/3 还有余，小学文化的大约占 1/2，初中以上文化的不到 1/5。所谓的幼儿园老师，文化水平都不高，顶多也就初中毕业，主要任务就是带领小孩子们玩耍，看着小孩子们别出危险，偶尔教孩子们认认字、算算数。村里给幼儿园老师一点儿补助，或者给几个工分。我也曾是幼儿园的学生，可惜只去过一天，第二天就死活不去了，理由是老师不好。幼儿园老师也通知家长，不许我再去幼儿园了，理由是我不听话。反正上幼儿园主要也是玩，学不到有用的东西，父母也就遂了我的愿。

1978 年的秋天，刚刚到了上小学的年龄，我就被家里打发去上学了。小学离家很近，只有 700 多米远。村子的小学共设 5 个年级，每个年级 2 个班，每班 40 多个学生。教室还算不错，比较宽敞，窗户是玻璃的。但是，教室里的桌子和凳子不够用，一些学生要从家扛着桌子、凳子去上学。

小学的老师，除了校长之外，全是清一色的民办教师。1978 年前后，不仅我所在的村子，全县范围内包括县城的小学，将近几成的小学教师都是民办教师，初中教师中的民办教师比例也超过了一半以上，高中教师中的民办教师比例也将近1/3。

民办教师，不列入国家教员编制，也就是非正式的老师，尽管从事教学工作，但身份仍然是农民。民办教师多是本地已经初中或高中毕业的学生，除了跟村民挣同样多的工分外，按月再发几元钱的现金补贴。在实行大包干后，民办教师每月补贴20元左右，此后渐渐增长到每月三五十元，基本上也就相当于当地劳动力的平均收入水平。附近三乡五村有点学问的村民，都争前恐后地争当民办教师。但毕竟受名额和财力所限，小学老师的数量普遍不足，往往一人身兼数职。在小学，语文、数学是主课，此外还有自然和历史之类的课程，这些课程大都有专门的任课教师。至于音乐、美术、品德之类的课程，学校里就没有专门的老师了，大都由教其他课程的老师临时凑数，勉强应付一下而已。体育课，几乎就是跑步练队列的代名词，偶尔有些跳高、跳远的活动。学校操场上，也有一副陈旧至极的篮球架，加之地面高低不平，坑坑洼洼，除了站在篮下练习投球之外，别无他用，基本是个摆设。

买教材要花很多钱，家庭困难的孩子交不起书本费，就只能借上一年级的学生用过的教材。实在借不到的，就跟同班同学一起合着用。上学还要用到铅笔、钢笔、橡皮和本子，都要花很多"银子"。一根铅笔要 2 分钱，钢笔要好几毛钱，墨水也要 1 毛钱，一个几十页的本子要 5 分钱。一年下来，一个学生要用掉不少文具。对于现金收入只有百十元钱的普通家庭而言，购买这些文具的花费是一笔很大的开支了。尤其是那些家里有几个孩子都上学的家庭，花费就更高了。但是，石笔相对于铅笔来说便宜多了，一分钱可以买很多根，石板还可以反复擦拭使用。所以，用石板和石笔就可以节省很多钱，于是它们成为当时小学生们最主要的学习用具。除了考试和正式作业，多数学生就用石板和石笔来记录和练习。老师们也很体谅，尽可能让学生们在石板上做作业，减轻家长们的负担。

但是石板也只是相对便宜，书本见方大小的一块石板，新的也要两毛多钱才买得到。所以多数学生用的都是旧石板，或是从哥哥姐姐那里传下来的，或是从已经不用石板了的邻居那里借来的，边边角角的地方都已经破了。也有的孩子家里十分困难，既买不起石板，也借不到，就用房顶的青瓦来代替。而连石笔也买不起的，就用山上捡来的滑石代替。

冬天的小学教室，异常寒冷，窗户玻璃总有那么几块是碎的。呼啸的西北风透过窗户，吹在衣着单薄的身上，冻得老师和学生们瑟瑟发抖，几乎所有的学生们手脚都有冻伤。上课时，都十分不情愿拿起石笔在冰冷的石板上写字。写满了字的石板还要擦掉，冻伤了的手去擦冰凉的石板时，不小心还会碰到冻疮，很是痛苦。一些学生，尤其是男同学，索性就直接用衣服袖子来擦石板。一节课下来，石板总是要反反复复写满擦去十几次。次数多了，日积月累，男孩子的袖口就磨得破破烂烂了，棉絮都会漏出来。

为了御寒，学校就在教室里生火炉子。但火炉子太小，偌大个教室，除了炉子周围的同学还能够感到一丝温暖之外，其他大多数学生就几乎感受不到炉子的存在了。毕竟还是火炉子的周围暖和，那些学习好的同学，或者老师特别喜欢的同学，往往会被老师安排在炉子周围的座位上。课间的时候，同学们都愿意凑在炉子周围取暖。孩子们凑在一起就免不了打闹，闹过头了，有的孩子就会被炉子烫伤。严厉的老师就把炉子周围划为禁区，学生们只能眼巴巴地站在远处瞅着火炉，仿佛看着炉子，也能感觉更温暖一些。

生炉子是一件美差，也享有课间照顾火炉和在火炉边享受温暖的特权。能挣得这份美差，通常要求学习成绩优秀，所以很多同学都努力学习来争取这个机会。老师通常会安排班级里学习好的几个同学轮流来生炉子。负责生炉子的同学，从准备柴火开始，和煤，做煤饼，到上课前把炉子生得旺旺的，前前后后要花不少时间，所以生炉子的同学，往往要提前一个小时早早来到学校。有些学习好的同学，生炉子的技术不好，屡屡弄得教室里全是烟雾，被老师剥夺了生炉子的权利；也有学习成绩好的女同学，害怕冬天早早起来走夜路，主动放弃了生炉子的机会。

我的手脚特别容易冻伤，至今还能看出小时候手上冻伤的疤痕。为了挣得生炉子的机会，我小学时学习格外认真，生炉子的时候也格外用心，所以小学期间，我一直是班里享有生炉子特权的少数几个人之一。

学校为了鼓励大家好好学习，有时候会对成绩好的同学进行奖励。奖品大多是一块橡皮，或者一根铅笔，或者几根石笔，特别优秀的会得到一个本子。在当时的条件下，能得到这些奖励，意味着很大的荣誉，得到奖励的学生连同家长会持续兴奋多日。

当时，也有学习成绩特别差的学生，也有上课捣乱的学生。其时，学校里这些只有初中、高中文化程度的民办教师，都没有受过正规的师范教育，哪里懂得不能体罚学生？老师们经常会厉声呵斥这些学生，不时用教鞭去狠狠敲打他们，打得学生手心手背又红又肿。也有的老师正在上课时，突然间就把黑板擦，或者粉笔头，扔向那些正在捣乱的孩子，经常还特别准，基本上都命中目标，弹无虚发。那时候，家长和老师都深信"严师出高徒，棍棒出孝子"。那些孩子经常被老师敲打的家长，不仅不会生气，反而会非常感激老师对自己的孩子严格管教。我上学期间，从没听说过有家长因为老师体罚了孩子而追究老师的责任。

去年夏天回村里的时候，一个堂哥还跟我聊起几年前一个老师体罚孩子的事情，愤愤不平。几年前，一个孩子上课时捣乱，老师经过他时随手用课本轻轻敲打了一下他的肩膀，家长就不高兴了，到学校和教育部门去投诉这位老师。老师不仅受了处分，设宴向学生家长反复赔罪，还赔了 2000 多元钱。学生家长虽勉强罢休，但话里话外仍让人感觉到是他恩赐了这位老师一般，仍不满意，牢骚满腹，时常讥讽嘲笑这位老师。学校里的老师普遍受到巨大刺激，也引以为戒，此后无论学生们如何捣乱调皮，老师们再也不敢碰学生们哪怕是一指头了，仅仅在口头上制止一下而已。几年过去了，堂哥说起此事时，仍义愤填膺，骂骂咧咧，摇头晃脑，不停地叹息着世风日下，师道尊严丧失殆尽。在堂哥的眼里，老师只是轻轻碰了孩子一下，又不是严重体罚，家长、学校和领导都是小题大做，对这位老师极不公平。他瞪着红红的眼睛问我：你小时候难道没挨过老师打吗？没有老师的敲打你能有今天吗？为什么要对老师惩罚如此之重？难道领导们都瞎了眼吗？这样的学生家长还是人吗？我无言以对。学生的承受能力和抗压能力越来越低，"说不得""骂不得""打不得"与"严师出高徒"是否是一种悖论？

既然绝大多数小学老师都是民办教师，身份还是农民，大包干之后，就都有承包地。农忙季节，老师们也要忙自家的农活，无法用心教课，小学就只好在农忙时间放假。放假期间，老师们会挑几个学生去帮自己干农活。能被老师选中帮着干农活，那可是件值得自豪的事情。一则，能被老师选中，说明自己得到了老师的肯定，也就有了跟家长和同学们炫耀的资本，被选中的学生自然满心欢喜。二则，劳动之余，老师们会犒劳干活的学生。老师的收入总比普通村民好一些，老师的犒劳自然也特别值得学生们期待。学生家长当然更乐意孩子们去帮老师干活，在家长来看，只要孩子受到老师的待见，老师就会更关心孩子的成长，哪怕自己再累，也求之不得。

公社以及后来改成的乡里，每个村都有一所小学，但未必每个村都有初中。我所在的村子规模比较大，村里不仅有小学，也有初中，初中离家只有500多米远。而只有几十户或者百十多户的村子，村里就没有初中了，村里的孩子就只能到邻村上初中。每个公社/乡，还都设有一所重点初中。重点初中一般都位于公社/乡政府所在地，选拔招收全公社学习成绩最优秀的孩子，教师也是从全公社的初中里挑出来的最优秀的老师。

1983 年，我和同村的 5 个孩子，一起考进了公社的重点初中。初中每个年级都有 3 个重点班，每个班级公开招收 40 多名同学。学校的教学质量很高，通常年景下，重点班的学生初中毕业时，一半左右的同学都能考上小中专或者县里的重点高中。考取了小中专，就意味着有了城市户口；考上了县里的重点高中，就有百分之七八十的概率考上大学。即使落榜的高考生，再复读一两年，也几乎全都能考上大学或大中专。如此算来，考上了公社里的重点初中，就意味着有超过一半的可能性不用再回农村种地了，所以我就读的重点初中在全县颇有名气。因为学校的名气较大，所以每个班级又会被塞进 10 多名插班生，这样每个重点班就有五六十名学生。这些插班生，少数学习成绩也非常好，但多数不是那么好。学校每个年级还有 5 个普通班，主要招收就近入学的学生，这样一来，全校 3 个年级加起来就一共有 24 个班级。

重点初中离村子 3 公里多，步行上学要花将近 1 小时的时间，再加上学习紧张，所以学校要求学生们必须住校。我们这些刚刚只有十二三岁的孩子，从未离开过父母家人，而今，冷不丁就要离开父母在学校独自生活，听起来多么可怜！只有每周六下午放学后，学生们才能回家，周一上课前必须返回学校。

　　学校的食宿条件非常简陋。起初，学校食堂负责给学生从家里带来的饭菜加热，也负责给学生每人每餐提供一杯开水，就一小杯，多了没有。家长心疼孩子，都尽可能把家里好吃的饭菜省下来，留给孩子上学时带到学校。绝大多数学生只带一周的主食，基本没有什么像样的蔬菜，充其量只是几块腌好的咸菜疙瘩。学生们带来的饭，尽管比平日家里吃的稍微好一些，但基本上仍是日常的主食，大多还是玉米饼子和地瓜，只不过玉米饼子的数量稍微多一些。稍微殷实一点的家庭，会给孩子带几个麦面馒头，或者麦面玉米面掺和起来的馒头。

　　学生返回学校时，大多都用篮子装着一周的饭菜，篮子就摆放在上课的教室后面。在冬天、早春和晚秋季节，学生带来的饭菜不太容易变质。在炎热的夏季前后，不出两三天，学生带来的饭菜就开始变质了，上课时，教室后面散发出阵阵饭菜发霉的味道，传遍教室的每一个角落。但即使饭菜发霉了，学生们也照吃不误，否则就要挨饿。

　　学校坐落在半山坡上，周围是田地，老鼠特别多。上课期间，老鼠就会钻进装饭菜的篮子里，大肆偷吃。教室里没人的时候，老鼠就更猖獗了。所有学生的饭菜篮子，无一幸免于老鼠的光顾。被老鼠光顾过的饭菜也不能丢掉，丢掉了就要饿肚子。掰掉了有明显老鼠咬痕的部分，学生们还要继续接着吃剩下的部分。可能是因为农村的孩子皮实，从小经历的恶劣环境已经练就了百毒不侵的身躯，即使吃了发霉的饭菜，或者吃了被老鼠频繁光顾的饭菜，也不会生病，现在想想，也真是奇怪。

对学生来说，还有比饭菜发霉和被老鼠光顾更悲惨的事。每顿饭后，学生都会把自己下顿要吃的饭菜装进自己的小饭袋子里，再把小饭袋子放进自己班级的大篮子里，然后由值日生送到食堂。食堂的大师傅，就负责把学生们装在小饭袋子里的饭菜加热。不同班级送来的小饭袋子，食堂的大师傅都尽量摆在蒸屉的不同位置。饭菜蒸透后，食堂的大师傅再把它们放回原来的篮子。吃饭前，值日生去食堂取回自己班级的篮子，每个学生就从篮子里找回自己的小饭袋子。有时候，食堂大师傅粗心大意，以至于把不同班级的篮子弄混了，或者把个别学生的小饭袋子装进了其他班级的篮子里；也有学生误拿了别人的小饭袋子。到了吃饭时间，经常就有学生发现自己的小饭袋子找不见了。找不到自己小饭袋子的学生，只好挨个到全校所有班级的篮子里去仔细寻找。运气好的，能够顺利找回自己的小饭袋子；运气不好的，转了好几圈也没找到。或许某个班级的篮子里会剩下一两个没人认领的小饭袋子，找不到自己小饭袋子的同学，实在饿了，也会把这些无主的小饭袋子顺手拿走。更可怜的时候，有些同学一无所获，只好饿着肚子，或者提前透支自己未来几天的伙食，反正早晚都要饿肚子。有些同学带来的饭实在撑不到周末，关系好的同学也会匀出一些给他，以解燃眉之急。

由于学校处在半山坡上，所以取水很不方便。学校里只有一口水井，根本就满足不了1000多名师生的饮水需要。课间和中午的时候，学生们还要轮流值日，去附近村子的水井取水，或者从附近的河里取水，送到学校食堂。学校烧水的锅炉也不够大，所以蒸笼里热饭时的水也用来给学生喝。开饭时间，每个班级的值日生会从食堂领回一桶热水，每个学生也只能分到一小杯。蒸饭的水本来就浑浊不清，再加上有些水是直接从河里取来的，更加浑浊不堪，味道复杂，令人难以忍受，所以学生们喝水时往往都要捏着鼻子。

学校住宿条件也很差。晚上睡觉时，一个班级30多名男生挤在一间大屋里。宿舍里没有床，学生就把从家里带来的草垫子直接铺在地上，上面再铺上自己的褥子。有时候，下雨时屋顶漏水，地面潮湿，被褥就潮湿发霉。大多数学生也懒得晾晒被褥，潮湿发霉的被褥上面全是斑斑点点，整个宿舍难得觅到一件干净的被褥。冬天的时候，潮湿的被褥更令人难受，学生们睡觉时也都不脱衣服，直接钻进被窝和衣而睡。学校里没有洗澡的地方，学生们也不带换洗的衣服，一周下来就一直穿着仅有的一套衣服。宿舍卫生条件如此恶劣，男生的被褥和衣服上都长满了密密麻麻的虱子。上课的时候，后排的同学经常会发现虱子在前排同学的头发上来来回回地移动。周末回家，家长用滚烫的热水把孩子浑身上下的衣服都烫一遍，烫死的虱子漂在水面上，密密麻麻；衣服褶子里，也到处是烫死的虱子卵，白花花一片。女生比男生普遍爱干净一些，更讲究宿舍卫生，所以据说女生宿舍的情况要比男生宿舍好一些。

厕所离宿舍较远，校园里也没有路灯，晚上的时间，宿舍外和厕所漆黑一片。在寒冷的冬天，男生们晚上往往懒得去厕所解手，就直接在宿舍周围方便。宿舍周边的空地上，随处可见小便的痕迹，散发出浓郁的臊味。那种令人作呕的臊味，往往会随风吹进宿舍，久久不去，令人恶心的根本无法入睡。

我刚上初中的时候，自行车还非常昂贵，不是普通人家所能买得起和买得着的，大多数学生往返学校主要依靠步行。个别学生家里条件好一些，添置了自行车，家长就可以用自行车接送孩子上学，也有个别学生自己骑自行车往返学校。后来，一个学生在骑自行车上学的路上，发生了车祸，学校就禁止学生们自己骑自行车上学了。

从我家到学校有两条路，一条是公路，一条是山路。公路要远一些，比走山路多 1 公里。因为步行，走山路近一些，所以初中 3 年期间，我上学来回走的都是这条山路。周六下午的课结束后，5 点钟左右，学校就允许学生回家了。每逢放学回家的时候，孩子们的心情都特别快乐。盛饭的篮子已经全空了，提在手里也不觉得累。尤其是想到回家后能与家人相聚，能吃上可口的饭菜，还能免除虱子的一时肆虐，不由得脚步轻松起来，感觉回家的路比上学的路短了好多。由于同村还有 4 个同学，所以回家路上大家一起有说有笑，不知不觉就赶到家了。即使在冬天和早春，天黑得早些，回到家时已经漆黑一片了，也丝毫不会减少放学回家的乐趣。其余季节，在回家路上，正值夕阳西下，或者漫山遍野的野花竞相绽放，或者绿油油的庄稼正在茁壮成长，或者金灿灿的麦浪随风起伏，更增添了许多放学回家的乐趣。小伙伴们也会童心大发，一路走走停停，挖会儿野菜，追逐会儿蝴蝶，捉几个蚂蚱，间或偷吃农民地里的花生或玉米，不亦乐乎。

周日一整天的时间，家人都忙着准备孩子下一周的饭菜。家长们心疼孩子，总是设法把饭做得耐储存些，尽量做得好吃一些，尽量准备得多一些。但是，毕竟真的没有多少可以改善的余地，充其量也就是牺牲一下大人的饭量，或者简单变变花样而已。一年到头，也就是反反复复的那么几样儿。一家人会反复地清点着孩子们要带走的饭菜数量，唯恐少准备了一顿，让孩子们在学校里挨饿。

周一早晨的返校就没那么愉悦了。当孩子们想到又要离开父母，又要一个人在学校里独自生活五六天，心里非常失落。家长们想到孩子又要离家求学，在学校里受苦，而自己又无能为力，也非常失落，只能反反复复叮嘱孩子们要好好学习。如此一来，家长和孩子们的心头就笼罩着离别的伤感。

走 3 公里多崎岖不平的山路，身上还要背着十几斤重的饭菜，以及厚重的书包，总得需要一个多小时。8 点之前，还要一切妥当地坐在教室里等候老师上课。所以，我和同村的孩子 5 点多就得起床，再次收拾检查一番，6 点多就得从家里出发，家长们也得早早起来，为的是给孩子们再做一顿可口的饭菜。匆匆吃完早饭后，孩子们还睡眼蒙眬的就开始上路了。早上 6 点多的山间小路，非常寂静。寒冬的早上，四周还漆黑一片。尽管四五个孩子一起结伴而行，寂静漆黑的旷野，还是令人感觉瘆得慌。从家里刚刚出发时，孩子们感觉不到身上背的东西太重，健步如飞，互相交流着各自的饭菜花样和数量，以及所见所闻。不出一会儿，孩子们就感觉到身上背负的东西重了许多，渐渐变得越来越重，大家的话语也开始变少了，甚至许久也听不到说话的声音，四周只有沉重的脚步声和大口的喘息声。当漆黑的深处突然传来几声怪叫，令人感到莫名的恐惧，头皮发麻。胆大一点的孩子会给大家壮胆，或者一起高声说话，或者一起高歌一曲，试图掩盖内心的恐惧。熬过一个多小时的艰难之旅，回到学校以后，碰见陆陆续续返校的其他同学，来时的不快瞬间就消失了，大家彼此寒暄着，一切又回归简单枯燥而又紧张的学习生活。

初中的学习最为紧张。我所在的重点初中，除了上下午各有 4 节课以外，早晨还有 1 节早自习，晚上再加 3 节自习课。那时，学校老师特别地认真和卖力，班级之间也展开学习竞赛。期中和期末考试前，班主任还要再增加学习时间，在早自习前再追加半小时的早自习，晚上再追加半小时的晚自习。早上和晚上的自习时间，只是名义上的自习时间，实际上都被不同的任课老师"霸占"了，老师之间甚至因为争抢自习时间而闹得不欢而散。为什么当时老师们的积极性如此之大？我长时间一直无法理解。学习成绩好的班级，班主任和任课老师的确都会得到不同程度的奖励。但是，为什么有些老师自己同时担任了 3 个重点班的同一门课程的老师，还那么卖力？那不是自己跟自己较劲吗？后来，我跟当时的一位任课老师聊起这一话题，他也搞不清楚当时究竟为的什么，猜测可能是因为当时的学生学习劲头大，老师们可能被学生们认真求学的态度感染了。他还解释道，由于现在的学生学习也不认真，他自己也放松了对学生的要求，凡事得过且过，只是凑合着完成上课任务而已。学生和老师要么都认真，要么都不认真，难道这也是所谓的教学相长吗？

成绩好的学生，自然受到老师的格外垂青，被任命为班干部，或者帮老师在黑板上抄写习题和答案，或者帮老师刻印练习题。老师甚至会给成绩好的同学加压，布置更多更难的练习题。成绩差的同学，或者是学习退步的同学，隔三岔五地被老师公开点名批评。有的学生家长，跟学校里的老师有亲戚关系，或者利用各种渠道，想方设法跟学校的老师搭上关系。搭这种关系的目的只有一个，那就是希望老师能够严格管教自己的孩子。有了这层关系，老师们就对这些孩子提出更严格的要求，只要这些孩子表现得稍不如意，老师们就会严厉批评，甚至棍棒拳脚相加。尽管受老师批评的孩子会一时不高兴或者失落，但事后却非常得意。学生家长感觉老师重视自己的孩子，也非常自豪，会再次感谢老师对孩子的严格管教。

对这所学校重点班的学生而言，初中毕业后有四条路可走。第一条路是报考小中专，考上了小中专就意味着有了城市户口，小中专毕业后就成了名副其实的城里人；第二条路是报考高中，考上了高中，尤其是重点高中，将来就有可能考上大学；第三条路就是复读，来年再报考小中专和高中；第四条路就是复读几年后依旧无望，只能就此罢休。学习成绩差一点的学生，经过两三年的复读，大多都能考上小中专或者高中，毕业后直接回家务农的比例很低。

报考小中专，是当时很多农村学生心目中的首选，也是大多数家长们心目中的首选。但是，当时学校的校长很有远见，极力主张学生们报考重点高中，将来继续努力争取考上大学；极力反对应届学生报考小中专，只赞成那些复读了多年的学生报考小中专。当然，校长也通情达理，不强人所难，如果学生家里特别贫穷，难以负担孩子将来的高中学业，也会同意学生们报考小中专。当时，我家里就非常贫困，家里人认为，只要我能考上小中专，只要能拿到城市户口，就是最大的成功。家人认为，即使我能考上重点高中，家里不仅还要再花很多钱，而且未必能确保考上大学，未必能确保拿到城市户口。如果拿不到城市户口，还是要回家种地，花钱上那么多年的学又有什么用呢？

一家人辛辛苦苦供孩子上学又有什么意义呢？所以家里人一致主张我报考小中专，反对我报考高中。

那时候的我，单纯至极，除了只知道学习之外，基本上对其他事情一无所知。凡是家里大人们认为对的，我就认为是对的，所以愉快地接受了家里的建议。其实，这也是村里人深受孔孟之道影响的一个缩影。儒家思想里最重视的是仁，孝又乃仁之本，本立而道生，有了孝也就有了仁。有孝心之人，也是国家的良民，"其为人也孝悌者，而好犯上者，鲜矣；不好犯上，而好作乱者，未之有也"。家国同道，所以村里的孩子从小就开始被灌输孝道思想。何为孝？仲尼的答案是"父在，观其志"，也就是说儿子不能自专，应该顺从父亲的志向，听家长的话就是至孝。

但是，学校的老师竭力反对我报考小中专，主张我应该报考重点高中，将来考大学。在那所中学里，我的学习成绩还算不错，基本能排在班级前十名左右，偶尔也能挤进前两三名。我的成绩之所以还不错，主要不是因为喜欢学习，而主要是担心成绩不好挨老师批评，也怕成绩不好惹得家里人埋怨。当然，对城市户口的向往也起了模模糊糊的作用。从学习成绩来看，班主任和任课老师普遍认为我考上重点高中十拿九稳，不出意外，将来考上大学也在意料之中。

　　老师们既然反对我报考小中专，当然也就不同意在我报考小中专的表格上签字盖章。哥哥托关系找到学校校长，央求校长同意和签字。哥哥去跟校长求情的时候，诉说家里贫困，无力再供养我继续读高中，能考上小中专已经是家里最大的奢望了。校长也劝哥哥，说我学习成绩优秀，又聪明，有潜力，将来考取大学根本不成问题。还说哥哥和父母没有长远眼光，小农思想严重，如果让我上小中专，就"瞎"了我这块好材料，将来会落埋怨；即使家里再穷，四处借钱也应该供我读高中。校长最后表态，如果家里实在没线，也借不到钱，他愿意借钱供我读高中和大学。

　　话已至此，哥哥哑口无言。校长让哥哥先回家，再跟家里人好好商量一下。父母听了哥哥的叙述，也没了主意，请哥哥定夺，哥哥建议听我本人的意见。其实，哥哥一直也有读大学的梦想和追求，可惜"文革"期间被耽误了，后来复读了两年，也没能如愿，只好放弃了。估计是哥哥的大学情结起了主要作用，在跟我商量的过程中，哥哥话语中透着鼓励我报考高中和将来读大学的意思。我也似懂非懂，不明就里地报考了高中，后来被县城的重点高中录取了。

　　那一刻，谁会料到后来的社会发展变化如此之快？谁能料到后来的城市户口已经变得无足轻重了？当时有多少学习成绩优秀的孩子，只是因为家里贫穷，只是为了争取一个城市户口，就放弃了读大学的机会？

我庆幸当时遇上了这样一位有远见的校长。如果没有他的远见，如果没有他的苦口婆心，如果不是他的慷慨大方，此时此刻，我可能正在县城的某个角落里后悔着当初的选择呢。

县城有两所重点高中，全县初中学习成绩最好的孩子，都被这两所学校录取，加上学校要求非常严格，百分之七八十的学生在毕业当年就能考上大学。所以只要能考进这两所重点高中，就意味着考上大学的可能性就很大。即使当年没能考上大学，经过一两年的复读，大都也会被大学或者高等中专录取。

百分之七八十的高考升学率，当时在全国并不多见。在当时全国一份考卷的情况下，山东的高考录取线远远高于大多数其他省份。可以想象，在这两所重点高中上学的学生，学习必定高度紧张。

1986 年我考进了其中的一所重点高中，初中同班同学共有 15 位也考进了这所中学，还有 12 位同学被另一所重点高中录取。

同初中相比，高中的食宿条件好多了，只是费用太高。学校食堂提供一日三餐，学生可以用饭票和菜票购买自己中意的饭菜。一份普通的蔬菜要花一两毛钱，一天下来要花七八毛钱才能吃饱。再加上一年将近 200 多元钱的学费，一个学生一年要花掉 500 多元钱。对很多农村家庭而言，这是一笔非常大的开支了。考虑到在这里上学的孩子将来会有出息，家长们都更加乐意节衣缩食供养孩子上学，家里的亲朋好友也愿意伸出援助之手。

学校有专门烧热水的锅炉，学生可以凭借水票打开水，学校还有敞开供应的自来水。大多数孩子都来自贫困的农家，口渴的时候，就直接奔向自来水的水龙头，畅饮一番，很少有学生花钱去打热水。

学生宿舍里都有床铺，或者用木板架成的联排通铺，住宿条件比初中时大有改善。高中时的学习紧张程度和初中几乎无异，只是学生们更加成熟了，更加明白了学习的重要性，都颇为自觉地学习。

1989 年，我参加了高考。官方数据表明，那一年全国 266 万人报考，实际招生约 60 万人，包括各类本科、专科和高等中专，录取率为 23％。民间有人推测，当年还有 400 多万复读的考生参加高考，所以参加高考的总人数达到 665 万。倘若是真的，那么当时的录取率就不到 10％了。

我报考的是理科。那一年的高考，还是全国统一考试，理科满分是 710 分，数学、语文各 120 分，英语、物理、化学、政治各 100 分，生物 70 分。

那一年的春夏之交，北京发生了一些事情，并逐渐波及全国。我所在的县城也有一所大学，这所大学也参与其中。这所大学的学生，像其他大学的学生一样，慷慨激昂地冲出校园游行，试图劝说我们这些正准备参加高考的学生加入他们的游行行列。高中的校长及早就下令封闭了校园，不允许我们这些孩子掺和进去。我们这些正在备战高考的学生，连续多日被关在封闭的校园里，似乎也不太关心校园外边曾经发生了什么，也不知道校园外边正在发生什么，只能隐隐约约地听见游行队伍在高喊着口号。我们这些学生眼前最紧迫的事情只有一个，那就是备战高考，自己和家庭的未来比外边的喧闹更加重要。

那一年在北京发生的事情，还是多多少少影响了我的高考。高中毕业后报考北京的师范高校，本来就是家里人早就计划好的。之所以选择师范大学，主要是因为师范专业不仅学费低，而且国家还有生活补助，这样家里就不需要再借很多钱供我上大学。哥哥对北京发生的事情也知之甚少，担心如果我到北京上学的话，将来可能会不明就里地参与到类似事情中去，就动员我填报了省内的师范学校。

平常情况下，学校每个毕业班都有 40 名左右的同学能考上本科院校，班级前两名基本上都能考进北大、清华。

我高中时期的学习成绩也还不错，基本能够稳定在班级前10名，努努力还能考进前几名。那一年，在高考前的一两个月，考生就要填报志愿。当时，除了北大、清华、南开、人大等少数几所高校在县里特别知名以外，其他高校似乎没有太多的高下之分，学生们自己模模糊糊的兴趣，仿佛是填报志愿的重要依据。老师们不太功利，家长们也不太明白，学生们也不太关心，所以班上有好多个学习非常好的同学，高考模拟成绩也能达到北大、清华的录取线，但都报考了当时不太知名的大学，大多是铁道学院、财经学院和邮电之类的学校。

我平时的高考模拟成绩还不错，要超出所报考学校往年的录取线100多分。填报志愿后，好多同学和老师替我感到惋惜，但大家也并不感觉特别奇怪，当时许多同学的模拟成绩都比报考学校的往年录取线高出许多。高考志愿填报完了以后，我感到考上这所师范学院几乎就是囊中取物了，在剩下几十天的高考备战中，就感觉轻松多了，学习也不像以前那么卖力了。上了大学后，我的高考成绩几乎排在班里最前面，大学里的班主任对我选择这所学校很是不解，我当时反倒是对老师的不解感到十分疑惑。

高考时间是在7月的7、8、9日。这是北方一年之中最炎热的季节，考场里没有风扇，更没有空调，也没有大人在考场外面陪伴，仿佛一切跟平常无异。不像现在的高考，平日里家长轻声细语，如履薄冰，战战兢兢，唯恐慢待和惹恼了孩子；高考之日，社会全民动员，清路静民，民警护驾，唯恐影响了高考。

直到1992年，中国的高考录取率，基本都维持在1/4和1/5之间。1993年突破了三成，但是此后一直到1998年，高考录取率也维持在四成以下。高考，依然是贫困家庭改换门庭的最重要出路，依然是寒门子弟摆脱贫困的最重要通道。

1999年，中国史无前例地进行了大学扩招，高考录取率几近六成，此后一路高歌，达到了今天的将近八成。我国高等教育的高速发展，为国家经济的高速发展做出了重要贡献，还将继续为国家现代化建设做出更大贡献。然而，随着高校招生数量的快速增长，学生就业难的问题开始凸显。同时，高校之间的差距迅速拉大，分层化标签化日益严重，许多学生填报高考志愿时只盯着学校名声，忽视了专业和社会需求，也忽视了个人兴趣，就业难的现象进一步加剧。一部分农村孩子，毕业后找不着理想的工作，闲置在家。一些村或乡镇的干部，十分同情这些大学生的境遇，勉强收留在家闲置的大学生，安排在村里或乡镇打杂，每个月给一点生活费，帮助这些学生渡过难关。

　　高考，似乎已经变得不再像以前那么重要了。40年前，只有5%左右的考生才能考上大学，而今只有1/5的考生上不了大学。我国的高等教育，毛入学率已经接近50%，已经发展到了普及化阶段。此中巨变，有谁能在40年前预料得到呢？

历史与未来

　　吾国之农业，曾长久领先于世界。自新石器时代始，吾国就乃世界农业之源，其时农业村落星罗棋布，渐而内聚，继而融合，海内为一，天下一统，华夏文明何其灿烂辉煌！

　　尤以周秦以降，因铁制农具之普及，轮作间作等技术之采用，土地单产与利用率大幅提高，世界诸国难能望其项背。近代之前，世界诸国土地均相对充裕，欲衡量一国之农业水平，可察其产量播种量之比。12～14世纪间，欧洲小麦之亩产仅4倍于其种子，及至近代，英格兰亦方仅10余倍。然据云梦秦简，秦时之中国，此值业已高达10倍或数十倍矣！据《氾胜之书》《齐民要术》所载，6世纪时之中国，此值已达数十倍，更甚者百倍矣！

　　华夏之文明，亦当今唯一存续数千年不朽之文明尔。

上古之文明，远者可溯三坟五典八索九丘，一时独领天下风骚；《诗经》《尚书》"诸子百家"，灿若星辰，至今仍为世人津津乐道，奉若珍宝；至于《史记》《汉书》以降，更为汗牛充栋。秦汉唐宋元明清兴盛之时，国土广袤，物质丰富，社会发达，文明灿烂，人民富足，普天之下无出其右者，何等辉煌！四周诸国无不艳羡，称慕不已，四夷宾服，万国来朝。

然，两百年前工业革命爆发，世界为之一变，中国陷入数千年未有之变局。向时领先之农业强国，陡然而为工业落后之弱国，饱受列强欺凌。1840 年，中英鸦片之战爆发，清廷唯有告饶，既割香港之地，又赔银 2100 万两。美法亦狼狈为奸，清廷迫签《中美望厦条约》《中法黄埔条约》，国人汗颜扫地。当此之时，大清帝国国势日益颓废。1856 年，第二次鸦片之战，清廷又一败涂地。1894 年，中日甲午之战，清廷几近崩溃！我泱泱大国竟又以割地赔款签丧权辱国之《马关条约》而收场。清廷不仅割辽东台湾澎湖让于日本，白银又赔 2 亿两，连本带息高达 4.5 亿两之巨，国民人均 1 两。甲午一战，清廷不仅割地赔款，更长日本军国主义之气势，而灭大清帝国之威风。继之 1900 年，八国联军侵华，偌大一令万国景仰之文明古国，竟惨遭蹂躏，满目疮痍，吾堂堂中华何曾受此奇耻大辱?！1931 年，弹丸岛夷之日本，大肆入侵，烧杀掳掠，罪行滔天，罄竹难书，吾国经济社会雪上加霜！近代吾国所受列强之凌辱，令人撕心裂肺，肝肠寸断，痛于骨髓！

晚清以降，倍受列强常川欺凌之时，国破家亡之际，为中华民族之崛起而豪情满怀、赴汤蹈火之英雄豪杰层出不穷。尤辛亥革命始，无数仁人志士前仆后继，视死如归，流血漂橹。虽国民革命声势一时浩大，然终归回天乏力，国势益危。

及至1921年，以救国救民于水火为己任之中国共产党，始于星星之火，而渐成燎原之势。我党我军之将士，蒙如雨之矢石，前仆后继，万死不辞；民众倾其所有，抛家舍业，赴汤蹈火，为国为家捐躯弃身者不可胜数。历经28年之浴血奋战，中国共产党终成建国伟业，成立社会主义之崭新中国。昔时，日本兵精粮广，虎狼之心昭然若揭，极尽烧杀屠掠之能事，覆吾中华灭吾国民在旦夕之间。向时之国民党，武器精良，官兵肥马轻裘，数度围剿吾共产党，吾党吾军生死存亡系与一线。昔时之解放区，百废待兴，官兵捉襟见肘，武器短缺。然，何以向时捉襟见肘之共产党终成建国大业，而兵精粮广之日本之国民党难逃颓败也？中国共产党以救天下于水火为己任也！

唯有坚信马克思主义，坚信共产主义之信念，方能上下齐心。民心齐而向往之，则泰山可移；民心散而背避之，则搬米犹难。新中国伊始，共产党人紧靠马克思主义思想而不懈努力，历经风雨而不倒，饱受磨难而愈壮，中国之社会主义经济政治日益巩固加强。改革开放之后，中国经济政治之发展更日新月异，从南至北，从东至西，无一处不欣欣向荣，无一处不蒸蒸日上。国家力量之强大，国民生活之改善，较之建国伊始不可谓不翻天覆地！

算而今，中国经济高速增长已 40 载矣。吾国经济腾飞之时，西方诸国并不看好，甚至嗤之以鼻，断言社会主义中国之经济增长绝不可持久，纵或昙花一现，终将折服淫威于西方列强。然则，中国经济增长之持续之任性，令西方饱学之士大跌眼镜，令西方列强为之瞠目结舌，久久不闭。惊诧之余，探讨中国经济增长奇迹之谜，遂成学界及各国政要之案头要务，著书立说汗牛充栋，洛阳纸贵迄今不止。而今，中国已赫然立于世界经济舞台之巅，几欲与美国平起而一争高下。

中美当下几呈并立之势，美及爪牙何其心甘也？叫嚣中国崩溃之声鹊起。举起代表者，其一乃保罗·克鲁格曼，此君系诺奖得主，曾于 2012 年放言：中国经济正在崩溃；美国之《外交政策》更放言：2012 年中国即将崩溃。中国果崩溃乎？否也，正蒸蒸日上矣！崩溃之声未绝，唱衰之声又鼓噪于耳。一时最为鼓噪者，云中国必陷于中等收入陷阱而不可自拔。中等收入陷阱之说，源自 2007 年世行之基尔与卡拉所著。据世行 2012 年之研究，1960 年时之百余中等收入经济体之中，只有区区一成于 2008 年步入高收入之列，其余九成无不经历停滞落后达半世纪之久。据中国社科院之研究，1991～2011 年间，世界八成中等收入之国未得脱中等收入之列。故而或曰，以概率计，中国难能脱俗，其必将陷于中等收入陷阱而不能自拔。

时下衡量中等收入之标准，实源于 1989 年时世行人均 480～6000 美元之标准。世行以 1987 年时全球人均所得美元 3222 为基准，倍之定为高线，以高线低线之比为 12.5 确定低线。而今，以物价指数相调，中等收入区间乃为 1045～12745 美元。细细思量，一国欲跨越中等收入陷阱委实难矣！同系中等收入之国，其差异何其大矣！高线低线之比高达 12 倍有余矣！此前之 40 年，全球经济年均增速仅 3% 也。若以此速，一中等收入之国欲起低线而就高线，所需时日长达 85 年之久。此前之 40 年，经济发达之国年均增速仅 2% 矣，若以此速，一中等收入低线之国欲就高线，所需时日长达 127 年矣，足超两甲子有余。倘以年均增速 5% 计，所需时日亦达 50 年之久。遍观世界，迄今为止，唯有区区五国若是。即以年均 9% 增速计，亦需 30 年之久，世界独有中国尔！故而，中等收入陷阱本非陷阱矣，实乃鸿沟也！

于中国，此鸿沟可怕乎？不可越乎？非也！历经40载高速经济增长之中国，人均所得已几企及高线。以吾国目前之人均所得与增速计，越中等收入陷阱不日可期矣！倘以年均增速6.5%计，7年足矣。即以5%计，亦只需9年而已！故，中等收入陷阱必不陷中国矣！

2008年美国金融危机以降，世界诸国无一不惨受其祸。欧洲经济迄今仍水深火热，加之政治社会问题激化，国与国貌合神离，渐呈颓废之势。日本之经济增长日趋疲软，大有一蹶不振之势。美国经济步履蹒跚，尽似有回转，但因其四处横恣，身陷其中而难以自拔，实乃强弩之末。中国经济之增长持续以往，独树一帜，为世人侧目。

然则，全球经济深受金融危机之荼毒，其影响日深日久，吾国亦未能幸免。吾国之融入全球经济正日益深化，国际贸易增长亦为国民财富增长之重要源泉。盛时，吾国与列国间之贸易年均增速高达30%有余，不期3年而总量翻倍，贡献于国民经济增长三成之上。全球经济衰退，必殃及吾国与列国间之贸易，进而影响国民所得。危机之中，世界列国渐呈贸易保护之势，贸易谈判艰难而旷日持久，粮食危机之中，世界诸国纷纷限制出口，失业危机之中，世界诸国又纷纷叫嚣限制外企，无一不凸显贸易保护主义之抬头。

全球经济步履蹒跚，反复无常，不利吾国经济之增长，况吾国经济根基日厚而持续增长愈难。目前吾国人均所得之水准，尚只及发达经济体 1/5，几于美日半世纪前之水平相当。倘欲达其今日国民所得之水准，即以年均 6% 增速计，亦需 30 年之久。未来数年，世界经济亦难料好转。世界各国又扰乱纷争不已，美国屡屡犯难吾国；日本、越南、菲律宾、韩国，数度言而无信，口是心非；欧洲之属，混乱不已，虽疲于应付内患，仍对吾国觊觎眈眈。

吾国正处经济社会发展之关键时期，任务艰巨而挑战愈烈。吾国经济未来持续发展能否，关系"两个一百年"奋斗目标之实现，更关系中华民族伟大复兴中国梦之实现。

农业乃立国之本。欲求全面之国家现代化，必先农业农村之现代化。他山之石，可以攻玉。遍观世界诸国，一国农业之发展普遍历经四个阶段。第一，"莫舍尔阶段"，亦即农业转型之初始阶段。第二，"约翰斯顿－梅勒阶段"，处以上阶段之国，工业化为其要务，必求以农补工。处以上两阶段之国，实乃发展中之国，食物问题最为突出。第三，"舒尔茨－拉坦阶段"，处此阶段之国，实为中高收入之国，农业调整最为紧要。于此时，较为完整之国民经济体系业已建立，农业之为工业化发展提供资本积累业已完成，欲求加快提高农业自身之劳动生产率，以期缩小农工城乡之别。第四，"约翰逊阶段"，处此阶段之国，实乃经济高度发达之国，实现需求增长停滞下之农业发展最为紧要。于此时，几无城乡收入之别，农与非农之劳动生产率趋于一致。农业发展之要务，在发展农业之多功能，使其利于美好生态环境之养成，利于良好生活方式之养成。

2004年前之中国，农业发展尚处前两阶段。为求工业化之发展，其时取以农补工之策，竭力汲取农业剩余。改革之前，行之以农产品统购统销之举，实为汲取农业剩余之最为首要者，其时纳入统派购体系之农产品曾达200种之多。20世纪60~70年代中期，概因之长期低价收购，农业生产严重受损，食物问题严重困扰吾国。幸而转至1978年，中国农业农村为之一变，温饱问题方得以渐而解决。然中国工业化之发展仍赖农业之支持，继统购统销制度之后，双轨制代之，又继以土地征购制度，农业为工业化发展之贡献累计高达数万亿元之巨。以农补工而牺牲农业农民利益，虽为后人所诟病，然以当时情形，实属迫不得已。新中国成立伊始，国家一穷二白，工业化唯有倚重农业农民之牺牲奉献，别无他法。而今，工业反哺农业、城市支持农村，亦属形势使然。

中国农业发展之第三阶段始于 2004 年。若吾国能于 2035 年基本实现现代化之目标，则其后农业发展将转至第四阶段。而今，英、美、德、法、日诸国之农业，皆已步入第四阶段达数十年之久，其中，英国始于 19 世纪 70 年代，美国始于 20 世纪 50 年代，法、德两国始于 20 世纪 60 年代，日本始于 20 世纪 70 年代。吾国时下之人均农业劳动生产率，尚只及诸国一成。2035 年之际，倘吾国城镇化率能达七成，农村尚有 4 亿人之巨。故而，中国农业农村之发展任重道远。

欲实现吾国农业农村之强大，欲实现国家之强大，法治、德治缺一不可，须人人为之奋斗、为之奉献。

国乃大家，家乃小国，自古家国同道。君子以德立身，身修家齐，父慈子孝，兄友弟恭，家齐而国不治者，未之有也。家有家规，国有国法，家不可一日无规，国不可一日无法。依法以德治国，实乃上顺天道下应民心也。民莫不乐享，众莫不乐成。顺天之道，循法尊德而已。四时分明，循时而治，不误农时，不荒节令，春华秋实，天地和合，上下同心，君臣勠力，修美大德，民众乐附，国殷民富；罔顾时序，逆时而行，桃李冬华，五谷不丰，阴行阳事，上下异心，主弱臣嚣，奸邪盈朝，民无所托，国危民殃。

　　数千年之间，王朝兴衰交替，其兴也勃焉，其衰也忽焉。远者上古先秦，黄帝尧舜，垂衣裳而天下治。禹治河功成而都阳城，汤有伊尹而都亳，而桀纣暴虐失国；姬昌明德慎罚，天下归周，然春秋战国混战不休；秦有崤函之固，席卷天下，并吞八荒，嬴政一统，天下归秦，然秦仅二世而胡亥望夷宫围困自杀；汉祚四百余年，汉武文景之治，至今叹为观止，然至于东汉末年，宠信宦官外戚，汉献帝难脱退位于曹丕，魏蜀吴三分天下。魏晋南北朝五代十国宋元明清民国，更是分分合合，个中兴亡盛衰，朝代更迭，父子相戮，易子而食，罄竹难书。新中国成立至今，始于民不聊生千疮百孔，而历经磨难，日富月昌，至于今国运昌盛。

　　数千年兴衰分合昭示后世，唯有法治德治并举，国家才能兴盛，民众方能乐享。昔尧无三夫之分，然其仁如天，其知如神，兴利除害，伐乱禁暴，民望之如云，就之如日；舜无咫尺之地，然其行厚德，远佞人，好问而好察迩言，隐恶而扬善，政教大行，八方宾服，四海咸颂其功；汤宽严相济，顺乎天而应乎人，其臣毋不有功于民，勤力迺事，否则大罚殛身，故自彼氐羌，莫敢不来享，莫敢不来王，故汤以区区百里之地而立为天子；周文王礼贤下士，广罗人才，克明慎罚，得姜尚而致天下三分其二归周；汉有天下，大唐兴盛，康乾盛世，中国崛起，无一不德治法治昭明，顺天应道。

徒以法治，法苛吏酷，德泽亡一有，则百姓重足而立，侧目而视。法令极而民风哀，必致民怨盈于天，充盈山泽，民憎上如仇恶，君不亡国不危者，未所闻也。

徒以德治，而赏罚不分，是非不明，必致奸邪之徒充盈于朝，法术之士退隐于野，鸾凤伏串，鸱鸮翱翔，朋党比周。亘古以来，未闻有省诛罚而治也者。尧舜虽圣，不能化丹朱；禹汤虽德，不能训桀纣。无棰策之威、衔橛之备，虽造父不能服马；无规矩之法、绳墨之端，虽王尔不能成方圆；无威严之势、赏罚之法，虽尧舜不能为治也。是故，至德如舜者，亦有四放之罚，四罪而后天下服焉；至圣如丘者，亦有两观之诛，圣化而后得而行焉。

徒以法治，或徒以德治，或法德均失位，必致国危主辱，民不聊生，乃至尸骨遍野，山河动荡，国破家亡，是以夏桀放逐于南巢，殷纣自焚于鹿台；齐桓公始用管仲，九合诸侯，一匡天下，有春秋五霸之名，然用竖刁易牙开方之徒，饿死三月，虫出户牖而不知。赵武灵王废长立幼饿死沙丘，齐湣王擢筋淖齿而悬于庙梁，秦仅二世而失天下，东汉亡于外戚宦官专权。至于近世，法德不治，明清以亡，国民党人各怀五日京兆之心而难脱败走台湾。

国破家亡，纵在旦夕之间，但绝非一日而就。其必内起于积弊丛生，外患于虎狼之心，法德均失位也！及至乱象频仍，方临阵磨枪，往往为时已晚。

前事不忘，后事之师。国治而民安者，听于无声，察于无形，必未雨而绸缪。时下之中国，非有法治与德治并举，非有治乱于无形、防患于未生之知，不如此，则无益于吾国之长远发展，无益于民族之振兴，无益于中国梦之实现。法安天下，德润人心。法乃成文之德，乃准绳，须臾须遵循。德乃内心之法，乃基石，须臾不可离。法之行赖于德，德之践依于法，法治德治相结合、相补充、相促进、相得益彰，法治德治不可离也，不可偏废也。

民莫不乐享，莫不患诛。小者易为，而大者难成。是故殷人有弃灰之法，夫弃灰于道者，则断其臂也。弃灰于道者，其罪何其小也，何至于断臂之重惩也？虽子贡诸贤犹惑之。而今，公车私用者，公款吃喝者，轻则诫勉批评，重则免职。公车私用公款吃喝，旧时人习以为常，何以重罚如此？其实，古今之法实有异曲同工之妙。弃灰于道者，貌似小过也，然则弃灰于道，必致纷争，轻则邻里不和，重则拳脚相加而棍棒及身，殃及三代，而致杀身之祸。故弃灰于道不治，或致身首分离之祸，故殷人有弃灰断臂之法。公款吃喝，公车私用，貌似小贪。若贪小不戒，必渐至千金之娄，故有谚曰，小时贪针大时贪金。如今以身试法而银铛入狱殃及妻儿老小者，何其不始于细微之处？失之毫厘，谬以千里也。古有弃灰之法，弃灰重诛，民患之，不弃灰于道，民亦易为之，故民免重诛，故法治实为大德治。今有公车私用之惩，公车私用重惩，人患之，不公车私用，易为之，故得免牢狱之祸，无殃及全家之灾。

是以，法治实乃德治，依法治小过，实乃成大德。法乃成文之道德，无一法不具德也。是故，法之要义，乃树德之导向，弘扬美德义行。守法，即守最低限度之德。

德治，法治之支撑也。古之三皇五帝圣贤明君，莫不修身正己。修者，修美也，美者，美德也。君子之德风，小人之德草，草上之风，必偃。故云，为政以德，譬如北辰，居其所而众星共之。何以修身？修身，必正其心，必诚其意，必致其知，必格其物；物格而后知致，知至而后意诚，意诚而后心正，心正而后身修。修美其身，方能齐家，妻贤夫安，母慈子孝，兄友弟恭，耕读传家、勤俭持家，知书达礼、遵纪守法。为政者，以德治国，唯有修身齐家，而后才能顺天应道，恩泽四流，泽披万物，济弱怀远，鳏寡孤独老弱皆有所养，一呼而百应，此谓国治而天下平也。

一国之治，在于安民。夫民之所安，在足衣食，居有所处，老有所养，幼而有教，疾而有治。仓廪实而知礼节，衣食足而知荣辱。故百姓之家殷实，治之基也。百姓殷实，则府库充盈，是以国有余财以尽其力，鳏寡孤独皆有所养，老弱病残皆有所依；兴庠序，则五尺以下皆有所教。如是，百姓衣食无忧，而乐得其所，继而加勉，不辍劳作，是以财富益增，国库亦盈。故，民殷国富相得益彰。是故，府库充盈，国富民殷，谓之治。夫国富民殷而天下不安者，未之有也；夫天下安而国富民殷未就者，亦未之有也。

众志成城，金石为开。暨本世纪中叶，亦新中国成立百年之际，吾国人均所得必将越中等发达国家之水准。国富民殷，廉政兴，礼仪崇，上下一心，国必强矣。诚如斯，则中华民族必将屹立于世界民族之林而长安也！

灵魂深处

书　文

　　文贤生于 1971 年，属猪，我生于 1970 年，属狗，虚长他一岁；他出生在山东的一个大农村，我出生在河南的一个小农村；他通过高考鱼跃龙门上大学、读硕士、读博士、做大学教授，我通过高考鱼跃龙门上大学、读硕士、读博士，教过几年书，在华润打过几年工，现在创业当个体户；他除了教书育人、做研究、写论文、做管理，还读了经史子集等很多杂书，我除了挣钱养家糊口，还喝酒、啸聚，也读了不少乱七八糟的杂书；他越读越明白，越有家国情怀，我越读越糊涂，越悲观消极。

　　文贤兄请我为 40 年的农村变化写几句，是对我的高抬和尊重，其实于我而言有巨大的压力。我虽然是个标准的农村娃，但把中国农村放到 40 年的历史框架里，做历史与现实、历史与未来的宏大思考，显然我的知识储备不够，思考也不够，视野和认知都极为局限。正如书中所言，40年说长足够长，说短在历史的长河里也只是一瞬，吾生也有涯，而知也无涯。有涯也好，无涯也罢，这 40 年我们毕竟都是亲历者，相比较历史与未来，亲历和当下该有多么重要啊！为什么？因为历史都是史官所作，有时我们看不清真相；未来更是遥不可测，不是我不明白，而是这世界变化快。

文贤兄在此书中对农村的翔实描述，我全能感同身受，有些甚至拍案叫绝，也有些篇章甚至把泪水都勾了出来。比如在收割小麦、黄豆时，脚被扎破、手被割伤时的绝望，比如赶集回来父母没有给买双鞋子时的沮丧，比如一个十来岁的小孩子肩挑两桶水走在田埂上一摇一晃的背影……

文贤兄和我，毕竟一个在山东的大农村长大，一个在河南的小农村长大，其中也有一些不尽相同的体验，在此我简要提几个到现在还烙在我灵魂深处的印迹，粗浅地谈一下这 40 年翻天覆地背后的驱动力，当然这是我个人的一己之见。

排在第一位的是饥饿。世界上所有的苦难加起来，都比不上饥饿让人更绝望和自卑。从温饱问题得到解决后，一直到现在为止，我都不吃与红薯相关的任何食品，甚至包括麦当劳、肯德基的薯片。小时候吃蒸红薯、煮红薯、红薯面、红薯馍、红薯干……尤其是初中到外面上学，人已经开始有自尊的时候，背一袋子足够七天吃的、到夏天都会生出长长的霉毛、黑乎乎的红薯馒头，然后和五六十个同学的五颜六色的馒头放在一个笼子里蒸，待到饭点时去取馒头时的那种自卑，现在想起来，都还有点呼吸困难。那时候盼望过春节，那是真的千呼万唤望眼欲穿啊！为什么？因为大年三十和初一可以吃一顿红烧肉和白面馒头，有些年份甚至还有一身或大或小总之不太可能会合身的新衣服。

其二是堪称恶霸的村干部一家。小时候，我家的阶级成分是地主，可是，我爸从没给我讲清楚为何被不明就里地划为地主阶级。我爸算是一个知识分子，按理来说他应该能讲清楚的。至于地主成分从何谈起，既然连我爸都讲不清楚，我也再没有任何动力和兴趣去搞个明白。我从小就没有见过爷爷和奶奶。饿成那样的儿孙们，居然有一个从来没有见过面的大地主爷爷，也够荒唐成黑色幽默了。是不是地主身份，在那时可不是小问题，而是问题巨大。既然是地主，恶霸村干部的一群儿女们打我们就成了家常便饭，甚至成了他们取笑、逗乐、发泄的靶子。那种殴打，可不是小孩子家的打闹，是真刀真枪地，是极其野蛮地，是头破血流地，是带着阶级仇恨地打。为此，我不止一次想过退学去少林寺学武功，虽然最终也没去得了少林寺，但是每到暑寒假我就四处拜师学武术。无奈学艺不精，反而激起了他们大打出手的斗志。他家为什么能当村干部？其时就是因为儿女多，他们有五个如狼似虎的儿子，还有两个闺女，在农村叫五男二女，这在当时是非常荣耀的生法。为什么要打呢？宏观的原因是因为我们家是地主，他们家是贫下中农，其时小孩子懂什么地主和贫下中农啊？！微观的原因则五花八门，可能是因为走路时多看了他们一眼，也可能他们看着我们不顺眼，或者有时候手痒了需要练练手……当然，不止我们一家要挨打，他们以老子是村干部的名头想打哪家打哪家，基本是家家自危，敢怒而不敢言。我说此并不是还有什么仇恨记在心头，而是因为这曾是在农村普遍存在的现象，甚至到现在为止，一些农村基层组织存在黑恶势力也未受到应有的重视和打击。

其三是计划生育。我弟弟1978年出生，是个"黑孩"。什么是"黑孩"？就是没有户口，属于超生的。在我的印象中，妈妈几乎每个月都要消失几天，只要听到有人来家检查，每每如临大敌。好像是过了几年后，因为要上学的关系，才通过交罚款给弟弟上了户口。计划生育政策长期作为一项基本国策延续至今，从中央到地方设置了完整的计划生育管制体系，是对是错我也无从谈起。不过至少有几个现象非常有意思，一个是中国目前放开的二胎政策，并没有出现之前"砖家"们所预料的生孩子呈井喷之势，每年要新增上千万人云云，而实际上只有区区百万人而已；还有，从2017年开始，不少一线城市开始疯抢大学生，只要拿着毕业证和户口本，保证一个工作日全部搞定落户。也有专家事后诸葛亮地说，假定我们现在的总人口不是14亿而是20亿，那我们的经济总量绝对是全世界老大。这一点，我非常认可。

其四是买卖婚姻和奇特的换亲。在当时的农村，那些打光棍（大龄单身男士）的，会花钱买外地的女人做媳妇。我们身边经常会出现一些"蛮子"（村里人把说外地方言的一律称之为"蛮子"），当地村民好像对此并没有认为有什么不妥。还有一种奇怪的换亲，就是一家有兄妹的，兄或弟有打光棍的风险就拿姐或妹（通常是妹）和另一家同样情况的来换亲。这种情况通常以牺牲姐妹的幸福为代价，在嫁娶的时候，不是结婚的喜庆而是哭哭啼啼的让人心酸。

1978年是一个伟大的年份，至今正好40年。纵观40年的发展变化，相信同时代的中国人都是受益者。其中波澜壮阔的历史画卷，日新月异的时代进程，在全世界的人

类发展史上都是绝无仅有的。这背后的驱动力是什么？众
多学者从不同视角做过连篇累牍的研究，这方面亦有汗牛
充栋的文献和成果。文贤兄在书中也有较为清晰的论述，
且开宗明义地提出这一切都归功于改革开放。当然不会有
人否认，这一切肇始于党的十一届三中全会，是中国的总
设计师二代领导人邓小平先生的高瞻远瞩和顶层规划。

　　以我来看，这一切的背后是四大生产关系的内在驱动：
一个是安徽小岗村的包产到户，这正是中国农村从生死存
亡到勃勃生机的伟大转折点；一个是恢复高考，正因为高
考，才在占全国总人口 80% 的农村掀起了轰轰烈烈的百年
树人运动；一个是无论在税收、就业、创新、GDP 贡献等
多方面都做出了巨大贡献的中国民营经济；最后一个是县
域经济的 GDP 考核模式。张五常在自己的经济学著作中多
次提到中国县域经济的巨大威力，如果把中国比喻成一个
超级大的集团公司，2000 多个县正是 2000 多个利润创造中
心。可以毫不夸张地说，没有这石破天惊的四大生产关系，
就不会有这 40 年的巨大成就。

　　目前，中国经济遇到了前所未有的挑战，可谓内忧外
患。当下的中国农村和我们小时候的农村早已不能同日而
语。改革开放的红利边际正在日益递减，且已经进入了深
水区。如果不能打赢这场新时代的改革攻坚战，可能就会

葬送这 40 年所取得的巨大成果。而这一切，我则认为，必须要有新时代的新的生产关系出现。这种新型的生产关系的变革，应当有原来大刀阔斧实施包产到户、高考制度改革和大力发展民营经济的气魄。我当然相信，这些宏观架构无论庙堂之上的高屋建瓴，抑或是文贤兄等精英阶层在象牙塔里的智慧推演，都早已胸有成竹。那不仅是国之幸事，也是我辈之幸事，更是这个时代的鸿运。

时移世易

文　阁

　　自我认识文贤 20 多年以来，他跟别人做自我介绍时就一直自称是农村人。文贤 31 岁就是京城著名大学的教授了，如果他以教授的身份谦称自己是农村人，我倒不会显得特别诧异。如今，很多功成名就的大佬常常放低身价，谦虚地说自己就是一个农村人，听起来往往令人肃然起敬，很是励志。究竟是"三农"情怀造就了他们的成功，还是成功之后加剧了"三农"情怀，估计没人理得清楚，或许用两者相得益彰来解释更令人无法反驳一些。这些人多有家国情怀，相比那些高高在上脸上写满了优越感的人而言，更容易让人心生敬畏。但是，我认识文贤时，还是 20 世纪 90 年代中期，他还只是博士在读，默默无名，京城满大街都是他这样的读书人。当时，一个出身农村名不见经传的读书人，不厌糟糠，好不容易有了城市户口，还口口声声地说自己是农村人，不见得半点羞耻，那就不是矫情了，是需要勇气的，我倒有些佩服他了。孰料，看了他的书稿，才知道他也是一个打小就一心奔着要脱离农村户口的"俗人"。心俗而行不俗，还真是有些令人费解。

相比较，在不到30岁的时候，我还是不太乐意承认自己是农村人。尽管时下我也常常以农村人自居，但是当看到坊间有人不友善地戏说，或变相指责埋汰农村人时，我内心还会隐隐作痛，仿佛是击中了自己的软肋。

什么是农村人？多数人会认为，农村人是指那些出身并一直生活在农村的人。但在我的语境里，农村人就是出身农村的人。一个人生在农村，并在农村长大，即使后来进了城，安了家，生活工作在城里，也还是农村人。我爷爷就是地地道道的农民，我父母虽然是教师，但一直工作生活在乡村学校，我就出生在父母任教的学校里，并在乡村学校读了中小学，同学大多也都是农民子弟。后来，我也考上了大学，到了城市工作，在京城安了家。但显然，我就属于农村人。像我这样的农村人，很多人都把自己归为城里人，不情愿把自己归为农村人。但是，不管你情愿与否，别人（尤其是城里人）还是会在心里或背地里说你就是农村人。

很多情况下，"农村人"这个词，和"乡下人"的意思差不了多少。如果在诵读它的时候加重语气，在某些场景就有贬低和瞧不起的意味了。有时候，再加上"这些"和"这帮"等指示代词，贬低的意味就更直接和浓厚了一些。如果说你是"乡巴佬"，那就更有侮辱的味道了，而如果只是说你"土里土气"，那还算是比较轻的。

为什么农村人会被瞧不起呢？无非就因为农村人穷，农村人是从小地方来的，没见过世面；生活习惯不卫生；不懂规矩，或不讲规矩；比较粗鲁；等等。像赵本山小品的笑料大多也取材取笑于这些。

在英文里，称呼"乡下人"和"农民"的词也有类似贬义的意思。例如，Peasant（农民，身份卑微的），Chuff（乡下人，粗鲁迟钝的），Hick（乡下人，容易上当的外地人），Redneck（红脖子，乡下人干农活被太阳晒得），Rustic（乡巴佬，粗俗、头脑简单的）等等。当然这些词都产生于西方从农业社会向工业商业社会过渡时期，现在使用的时候，特指乡下人的就很少了。因为，在乡下住的都是有钱人，穷人倒都住在城里。所以，英文翻译"农民"一词的时候，需要格外注意，在发达国家，用 Farmer 比较合适，用 Peasant 就要小心了；在中国，是用 Peasant 还是用 Farmer，就比较复杂一些。

改革开放的这 40 年里，我国经济的二元结构特征非常明显，也处在农业社会和经济向工业社会和经济转型过渡时期。这个时期的农村、农业、农民处于劣势地位，也为整个社会发展付出了巨大代价，因为转型时期，往往牺牲的首先是"三农"利益。在这个时期，城里人享受了农村人很多享受不了的利益；在这个时期，让农村人喜欢农村怎么可能？

脱农，跳出农门，进城，几乎是我们那个年代所有农村人的梦想。

我父母虽然在乡村学校任教，所幸的是，他们是公办老师，拿的是工资，吃的是商品粮，拥有的是城镇户口，而学校里大多数老师是民办教师。虽然民办教师和公办教师承担的工作和教学任务一样，甚至有些民办教师比公办教师教得还要好，但是，民办教师是不被列入国家教员编制的教学人员，他们是农村户口，家里有"责任田"，地方政府只给发一些补贴，其他公办教师的待遇基本没有。他们不仅仅是教师身份，更是农民身份，除了教学，还要种地。那个时候，几乎所有民办教师的最大梦想就是能够转正成为公办教师，吃上"商品粮"，把农村户口转成城镇户口，去掉农民身份。

1978 年的时候，全国有近 500 万民办教师，后来国家陆续出台了一些政策，逐渐解决了民办教师的身份和待遇问题。我上中小学时候的民办老师，大部分后来都转成了公办教师，当然还有一部分考上了大学，进了城，当了官，也有一部分创业做了生意发了财。40 年前，民办教师是当时农村的主要精英知识分子，改革开放后，只要他们胆子大一些，他们比一般的农民机会更多，成功率也更高。

为什么城镇户口比农村户口值钱呢？

城镇户口（或非农业户口）与农村户口（农业户口）相比，在当时很多福利待遇方面有优越条件，例如，在就业方面，非农户口的子女可以接班；在医疗方面，看病能报销；退休了还有退休工资等等。通俗点讲，就是吃了"商品粮"，有了城镇户口，国家都管；农村户口，国家几乎什么都不管。

现在不同了，很多地方农村户口比城镇户口要值钱多了！很多人戏称，北京的农村户口居民哪个不是百万、千万甚至亿万富翁？尽管多少有些夸张，但何尝不是一语中的反映了农村户口和城市户口的位势变化？当然，大城市的农民确实有点特殊。

改革开放 40 年来，特别是近 10 年来，强农富农的政策越来越多，给农民带来的福利也越来越多。看病，有新型农村合作医疗；养老，有新型农村社会养老保险；教育，有"两免一补"政策；搞农业生产，有各种各样补贴；进城打工，也开始获得一些社会福利。虽说这些福利的水平有时还低于城镇居民，但是差距已经开始缩小。

如今，城里人有的福利待遇农民几乎都有，而农民的有些待遇城里人想都不要想。农民有地，城里人没有，城里人要想用地，只能付租金；城里人不允许买农民的房子，但农民可以买城里的房子；农民搞农业生产，可以不交税，城里人做生意，则必须交税。再比如，农民搞农家乐餐饮住宿不交税，但如果城里人在城里开餐厅不交税，你试试？

过去农村户口变成城市户口多难啊！考不上大学，当兵提不了干，要想变成城市户口，只能拿钱买。现在是农村户口可以轻松变成城市户口，但城市户口绝没可能变成农村户口。

时代是真变了！

改革之初，农村人对城市的向往是非常强烈的，特别是年轻人，特别是对大城市。我小的时候，去趟县城就算是出远门了，就有了向同学们炫耀炫耀的资本；你要是去过省城，那可就了不得了，可以牛好长一阵子；你要是去过北京、上海，那就绝对牛得一塌糊涂，基本可以在班里当老大了，屁股后面的小兄弟排队听你讲所见所闻。

我在班里就牛过一阵子。上小学的时候，妈妈带我去过西安看望舅舅。那时候，我和妈妈是坐了汽车，又坐火车，从河南老家到西安，整整用了两天两夜。而现在从郑州到西安，坐高铁只需两个半小时。当时我和妈妈乘的是绿皮火车，还没座位，一天一夜下来，竟然一点儿都感觉不到累。看到的，经历的，都是新鲜的，兴奋得连眨眼睛都觉得是种浪费，觉得自己吃亏了。回家后，自我感觉牛得不得了，给小伙伴眉飞色舞地，当然也有添油加醋地讲了一个多月后，都还有同学一直缠着我讲所见所闻。

到北京更是我的梦，那可是毛主席他老人家住的地方，是首都，是心脏，太神圣了。上小学时的一年暑期，原本有一个去北京的机会。那时候，我哥哥在县印刷厂做采购员，去北京买设备，在北京待了一个月，写信给我妈妈说：县里有可能派卡车到北京拉设备，弟弟可以趁车来北京玩几天，跟车再回来。哎呀！我兴奋地几夜没睡好觉，热切地盼望着那一天的到来。但是，左等没人来，右等也没人来，苦苦等了一个暑期，始终都没人来接我去北京。那个沮丧啊！更关键的是，我早早就把要去北京的牛都吹出去了，同学们也一直满脸羡慕地打听我何时去北京。谁知结果是北京没去成，弄得我好尴尬，在同学眼里丢了脸面。

后来我选择到北京求学工作，最主要还是北京梦驱使的——北京，哥们是必须要去的！不仅要去，还要留下，哥们要当北京人！

那个时候，农村人离开农村进城市工作的途径不是太多。农村孩子最主要的两条道是，考大学和当兵提干。但是，那时候大学的录取率非常低，1977～1980年全国录取率只有5%～8%。1983年我上大学的时候，情况稍好一些，但全国录取率也只有20%左右，也就是说每100个考生中，将近80人考不上大学。改革开放初期，考上大学确实太难了。当兵也不容易，除了身体好，还要有点儿关系门路才行。相比较，现在上个大学，当个兵都太容易了。目前我国大学的录取率都在80%左右了，部分省份甚至到了90%左右。

当时，没考上大学或没当上兵的孩子，要想进城怎么办呢？只能进城打工和创业做生意。

前一段时间，网上有一个比较热门的话题，大意是要北京的一张床，还是要老家的一栋房。说实在的，北京的房价超乎了很多人的想象，像我们这些20世纪90年代进北京的外乡人，大多都后悔当时没多买几套房。

北京房价高，一方面与炒作有关系，但也和北京的吸引力有关系。前几年，中国农业大学做了一个农民工调查研究，其中一个问题是农民工最喜欢去的城市是哪里。调查结果显示，北上广深是农民工最喜欢打工的地方，其中主要的原因是：机会多，收入高，管理规范，文化娱乐生活丰富等等。

还有一个网友，写了一篇文章，讲他前几年400万元卖了北京的房，回老家待了一段时间，但无法忍受老家的生活，非常思念北京的生活，于是又杀回北京，只是房价已经比过去涨了一倍多，他再也买不回他自己原来的房了。尽管如此，他还是乐意回京，努力工作挣钱，争取把他原来的房子再买回来。

这些故事有点儿黑色幽默，但情况确实是这么个情况。

农村人口向城市转移，人口向大城市圈集中，好像是世界性的规律。几年前，我和文贤等一起去日本考察农业，到了北海道，当地几乎见不到几个年轻人。问年轻人都去哪里了？说都到东京、大阪了，仅大东京就有3000多万人。问谁种地？说都是老年人。北海道种水稻的平均年龄都在80岁上下，令我们非常吃惊。

这种故事也正在中国发生。

目前中国的城镇化率已经达到60%左右，农民工总数大约2.8亿多人，而且逐年还在增加。去年我回老家，高速四通八达，县城高楼林立，农村的小洋楼一栋接一栋，小汽车到处都是。农村确实是人少了，年轻人出去一般就不愿回来了，即使回来也在县城买个房。现在我老家的农村，男孩子如果在县城没有房，没有小汽车，根本都娶不到老婆。农民变市民，看来真的挡都挡不住了！

当然，大量的农民进城，也带来了新的社会经济问题：农村空心化非常严重，部分土地撂荒，留在农村的都是老人、妇女、儿童，被称为"九九三八六一"部队；农民进了城，就业、孩子教育、住房等市民化待遇问题也接踵而来。农民变成市民是趋势，但还有很多问题要解决。

农村人向城市迁移，城市人会向农村流动吗？

城里人大规模回流到农村，20世纪出现过一次，那就是六七十年代的知识青年上山下乡运动，2000多万知青被发送到农村落户居住劳动生活。那可差不多是当时我国1/10的城市人口啊！这是人类现代历史上罕见的从城市到乡村的人口大迁徙。知青上山下乡运动除了有很复杂的政治背景外，还有非常现实的经济原因。20世纪60年代，我国连续出现严重灾荒，苏联撤资，"大跃进"失败，"文化大革命"冲击，中国经济日益恶化，城里根本解决不了这些人的就业和吃饭问题。所以这次运动不仅是政治运动，更是被逼无奈的粗暴的经济举措。

对这次运动的历史评价批评的居多，但无论如何，不能否认客观上也还是起到了一些积极的作用。那个时候，农村的学校缺老师，城里来的知识青年刚好是个补充。我父母所在的学校，就来了好几个大城市下来的知青当老师，给我上课的知青老师也确实教得好。他们见识广，知识多。如果他们踏实认真地种地，也比普通农民种得好，也许这就是知识的力量吧。

另外，知青的到来，也带来了新的生活方式，潜移默化地影响着我们这些农村人。例如，他们穿衣服比较时尚，而且讲究卫生。那个时候的农村，条件非常落后，没有自来水，村里吃的是井水，爸爸妈妈任教的学校也只有一个小压井。农村的厕所极其简陋，就是在自己家后院搭一个小棚，有些还挨着猪圈，气味可想而知。我家住的学校，也是只有一个公共厕所，冬天上厕所是个大问题，晚上起夜就更麻烦。尽管条件非常差，但学校的知青老师，却把屋子整得干干净净，衣服穿得干干净净，还坚持刷牙洗澡。说实在的，在知青下乡之前，我都不知道刷牙是怎么一回事，洗澡也就只能是夏天的事，冬天根本就没洗过澡。我在县城上高中的时候，整个县城也才只有一个澡堂。

进入 21 世纪后，又开始出现了新一轮的知识青年上山下乡。

我有一个学生，同济大学毕业，在上海的一家大公司工作了多年，后来回到内蒙古老家搞五谷杂粮产业，现在发展得非常好。他不仅带动了当地的农民一起发展，还吸引了很多大学生加入了他的事业。他的做法和他父亲过去的做法完全不一样，一搞就是几万亩，用的都是先进的技术和装备，采取的都是现代的管理手段，产业链整合，融合发展，资本运作，互联网品牌营销等等，玩的全是现代农业的概念，事业做得是风生水起，热火朝天。

我还有一个学生，是中国农业大学的博士毕业生，在农科院搞科研多年，又在一家做草莓的跨国公司做了多年。前几年，她下海到内蒙古做了一个草莓基地，整个园区全是智能装备，现在又在云南整合了几万亩地种草莓，我们都称她为中国的"草莓公主"。她可是土生土长的北京人，一个大城市长大的姑娘，现在却痴迷地扎根到乡村"闹革命"。

像这样的故事我身边还有很多很多。从他们的故事，我们可以感受到，现在发生的城里人回流农村现象与20世纪的知青上山下乡运动有着本质的区别。

当时的知青上山下乡是被逼的，被动的，现在的城里人回流农村，是积极的，主动的；当时知青上山下乡带给农村的除了知识外，其他的不是太多，带来的麻烦倒挺多，现在的回乡青年带给农村的不仅是知识、技术，不仅是现代农业的理念和手段，更关键的是还带来了资本，吸引了更多的人才。他们将成为中国未来农村农业的中坚力量，他们正在也必将深刻地影响着中国的"三农"。

我给 MBA 学生们讲商业模式的时候，会经常讲到我爷爷和我爸爸的案例。爷爷是 19 世纪出生的人，如果活到今天应有将近 130 岁了。他是个非常勤奋也比较精明的农民，也非常清楚地知道，种地做农业最重要的是要有自己的土地。不仅如此，他除了自己种地产粮食，还做粮食的买卖贩子，就是收粮食卖粮食。一开始，爷爷自己推个独轮车买卖粮食，稍微有点规模后，每年挣的钱大部分都又买成了地，地多了自己种不了，就雇人种。

种地产粮——粮食买卖——挣钱买地，爷爷的商业模式非常清晰。一般的农民知道要把地种好，而爷爷却认为光种好地还不行，做粮食贸易比种地更能赚钱，产业链整合能出更多效益；一般的农民自给自足，自己种的粮食自己吃，余粮存一点儿，卖一点儿，而爷爷不停地买地，雇人扩大规模，从而有了农场主管理和经营的雏形。从某种角度讲，爷爷和一般农民相比最大的区别是，爷爷多了一些现代工业思维和现代商业思维。

幽默的是，1949 年新中国成立后，爷爷由于家里地多，被划为地主成分，土改的时候，家里的房子和地都被没收了，生活也发生了根本性的变化。

爷爷孩子多，五男二女挤在三间草房里，粮食不够，吃饭也成了问题。生活和经济上的压力还不算什么，地主成分的"帽子"像一块石头压在爷爷及后代们身上几十年，每次运动批斗，爷爷都不能幸免，子孙们上大学参军更是不可能，经历的磨难那是三天三夜也说不完。

我小时候最大的阴影就是地主家庭出身。那个年代，地富反坏右，是斗争的对象，是改造的对象，是警惕的对象，是坏人。《白毛女》《半夜鸡叫》等文艺作品更强化了这种"地主就是坏人"的社会认识。印象比较深刻的是，小学一年级的课本上有一个插图，画的是：在冰天雪地的冬天，一个地主老财拿着算盘催收地租，一个破衣烂衫的农民跪在地上哀求延期。

自己从小就知道地主坏，却不知道自己也是地主出身。我知道自己是地主出身的时候，是在上小学一年级新生要填学籍表的时候。填表的时候，回家问爸爸我的家庭出身是什么。当时，爸爸的表情非常复杂，有愧疚，有无奈，有伤心，有爱怜。我清楚地记得，当知道自己是地主成分的时候，自己跑到外面，偷偷哭了很长时间，从此心中总是有个疑问，爷爷这么好的一个人，怎么会是坏人呢？

爷爷是对我影响最大的人，从他身上我学到了很多东西。村里人都说我爷爷"心"大。再大的事，在他心里都不是事，再大的困难，在他心里都不算什么。戴着地主

"帽子"的日子多难啊，但他一点儿也不显得慌乱，什么时候都很淡定。

爷爷很会做生意。困难的时候，为了补贴家用，爷爷还学会了木匠活，但他不做一般的家具，做木水桶是他的绝活。木水桶技术含量高，难做，但利润率比较高。改革开放前，爷爷是偷偷摸摸做木水桶生意，因为那是资本主义的尾巴。改革开放后，不用再偷偷摸摸了，但他从来没有想过做多大个生意，因为心有余悸，被批被斗怕了。在他的晚年，他非常享受他的小买卖，零花钱都是自己挣的，日子过得滋润得很，过年时候还能给孙子们点儿压岁钱。

爷爷为人善良，待人谦和。1949 年以前，做地主的时候，对长工也很好。他给我讲，平时长工吃的和家里人一样，农忙的时候，吃的比家里人都好。他说道理很简单，你对人家好，人家才会对你好。后来村里开批斗会斗地主，很多得过他的好的人也会网开一面，给他一点儿照顾，所以他受罪要稍少一些。爷爷 20 世纪 80 年代末去世，活了 95 岁。如果当时农村的医疗水平和现在差不多，他起码能活 100 多岁。长寿之人，自有长寿之道。

受爷爷的影响，儿孙们的发展道路一般是两个：一是读书上大学。我们家族里做老师的比较多，中小学大学教书的都有；二是做生意挣钱。除了少部分种地以外，我们家族做小生意的比较多，像小卖铺、磨坊、豆腐坊、机械加工、运输交通、贸易什么的。在家族里，我可能算是继承爷爷最多的，也是最幸运的，既读了大学当了教授，又有过做大企业的经历。

爸爸算是不幸中比较幸运的。不幸的是，好日子没过几年，家里的地就被没收了，房子也被没收了。幸运的是，由于有点文化，在新中国成立初期成了乡村学校的教员，而且是公办教师，早期有文化的人也确实太少了。

爸爸写得一手好字，那时候公社学校的大字报标语几乎都是他写的，乡里乡亲的对联也都找他写，所以人缘也不错；爸爸非常勤奋也比较好学，课教得非常好。人缘好，工作干得也非常出色，所以学生干部群众对他的评价也挺高。但那个年代，任何奖励与荣誉都和他无关，受的窝囊气可不少，一切都因为他是地主家庭出身。

家里人从内心里最感谢的人之一就是邓小平，因为没有邓小平，地主的"帽子"就永远摘不掉；没有邓小平，就没有中国的改革开放，我们家就可能永远没有出头之日。1979年1月29日，中共中央发布《关于地主、富农分子摘帽问题和地、富子女成分问题的决定》。没有这决定，我连大学都上不成，更别说当大学教授了。

从此以后，任何填表，填家庭出身时我就可以不填地主了，可以填教师，因为父母是教师。再后来填表，就没有什么家庭出身这些内容了。我的很多学生是农业企业的老板，他们经营的土地，小的几千亩，大的有几十万亩地。我给他们开玩笑说，你们算是大地主了，我爷爷那个地主算个什么？

改革开放最早是从农村开始，包产到户后，感觉农民一下子日子就好了起来，市场也繁荣了，农副业也发展得很快。我爸爸也融入了这个大潮。

爸爸和爷爷有点像，除了吹拉弹唱会教书，写得一手好字，还会很多手艺活，我家的大部分家具都是爸爸自己做的，种地养殖更是不在话下，更关键的是还有点商业头脑。那个时候，我家就住在学校，农村的学校房前屋后有很多空地，他就开垦种了一些菜，还养了很多鸡，后来还学着养兔子挣钱。

现在想想，如果说创业的话，爸爸绝对算是早的，如果他那时辞了工作，做养殖业，肯定也发家了。但，这是绝对不可能发生的事。

首先，爸爸脑子里一直有个阴影，地主的"帽子"压了一辈子，就觉得钱多了不是什么好事；改革开放初期的时候，觉得做生意不是什么正经工作，都是那些从监狱里出来的人没办法才干的事，就认为当个科学家、工程师、教授，在政府部门工作有面子。

最重要的原因是，爸爸一开始就没有把生意当成生意来做，只是副业，挣点钱补贴家用。这是爸爸和爷爷做生意的最大区别。爷爷一开始就跳出了自给自足、小富即安的小农思维，他有明确的商业目标，而且商业模式清晰先进，管理理念非常人本。当然，爸爸志也不在于此，摘了地主的"帽子"，他焕发了青春，入了党，当了校长，获得了一大堆荣誉，培养了一大批学生，也算是功德圆满。

我继承了爷爷和爸爸两人的事业：读万卷书，行万里路。一方面教书育人；另一方面，投身到实践，在商业的海洋，乘风破浪。与他们相比，我算是太幸运了。"文化大革命"赶了个尾巴，苦日子没过几天，就迎来了改革开放，免费上大学，进城工作包分配，单位分房，下海创业。现在有一种说法：最幸运的是20世纪60年代出生的人，什么都经历了，什么也都赶上了。我觉得还是挺有点儿道理。

从爷爷到爸爸再到我，横跨3个世纪，历经100多年。这100多年的历史，是我们中华民族寻求伟大复兴最波澜壮阔的一段历史。在这100多年里，我们曾经落后，我们曾经贫穷，我们曾经被人欺辱，但我们奋发图强，我们坚强不屈，我们英勇抗争，我们站起来了！我们富起来了！我们强起来了！当然我们也走过很多弯路，犯过很多错误，并付出过沉重代价，但我们跌倒了又爬起来，我们不断修正错误，我们改革开放，终于，我们走在了康庄的大道上，我们距离伟大复兴越来越近！

我们感谢改革开放，我们赞美改革开放，我们更要保护改革开放！

未来40年，也许我们还会遭遇更大的困难，也许我们也会再犯错误，但我们中华民族坚忍不拔的品质，已经深深融进了我们的血液，已经深深融进了我们的骨髓。

中华民族从来就不惧怕困难，让暴风雨来得更猛烈一些吧！

念兹在兹

李　军

严格来说，从小作为随军家属在外的我对农村的印象过于模糊，对于田野万物的记忆多是流于概念，甚至如何区分野草和庄稼也是云雾不清。只是这些年的工作与农村紧紧地缠绕在一起，并经常去村庄调研，实地感受，一些记忆深处潜伏的印记才不断地被强化放大，构成了幼年印象中一副并不完整的农村影像。我的老师文贤先生所著的《苦并快乐着》唤醒了我对乡村生活的片片回忆。

民以食为天，对一个孩童而言，对吃的记忆可谓刻骨铭心。一顿白面做的饺子自然是一提及就垂涎欲滴了，即使读大学时我也常以吃了一顿饺子作为宽慰"儿行千里母担忧"的父母的理由。诚然今日此事殊易，但在当时是何其之难！村里当时有一位民办教师，每天由各家轮流为其

"派饭"，淳朴的村民自然会提供家里最拿得出手的食物。饺子，作为当地彼时最高的礼遇，必然出现频率最高。一时，"当老师有饺子吃"就成为我对美好生活的最初向往。现在想想，高考报志愿的时候，我全部都报了师范院校，也许是潜意识仍在偷偷作祟？

那时的物资是缺乏的，衣物是不能像现在这样十天半月不重样穿的，新衣服只有在过春节或者参加重要活动的时候，才能"荣幸"且隆重地穿上一下，"展示"过后又立刻回到衣柜。鞋子，作为一种易耗品，自然也是倍加珍惜，弟妹穿哥姐淘汰下来的是习以为常的一种现象，偶尔买一双新鞋自然是欢天喜地了。印象中，有一年夏天，母亲给我买了一双新拖鞋，兴高采烈的我跟随邻居家的一个小孩出去玩耍，但在回家的时候，鞋已经不见了，我已经记不清当时是怎么丢的了，只记得陪着母亲去玩耍的地方找了一圈又一圈，仍未寻觅到跟我有半天之缘的那双鞋。

那时的学习目标是明确的。通过学习走出农村不再种地，想必是当时对美好生活的另外一种向往吧。还记得，村里当时有一位被广泛赞颂的榜样，这位大姐姐的名字我已经记不清楚了，但其事迹却依然历历在目。那时的村庄，电影几乎是唯一的与现代化接壤的一种生活方式。看电影那天，就宛如村里的节日，四邻八乡的村民们早早就汇聚到播放电影的村庄，等待着放映的开始。自然这一天也是儿童的节日，大家往往从早喧哗到深夜。而这位大姐姐却对此熟视无睹，即使父母"勒令"其放下课本，出去放松一下，也很难将其从书本中拖将出来，最终她如愿地考上了一所大学。毫无疑问，这必然成为家长们极力推崇的典范，茶前饭后的谈资，也成为我对大学殿堂崇高地位认知最初的梦想。

这些零零散散的回忆在《苦并快乐着》中都有着鲜活的影子，过往生活的一幕一幕由此不断在呈现，却也不时地感叹。不觉间，已年逾四旬，进入不惑。对往事的回忆总显得断断续续，我想这时还能清晰展现的就应该是记忆深处最值得铭刻的烙印吧。

40 年，一晃而过。说长不长，只争朝夕；说短不短，半生已过。回望 40 年，社会变化日新月异，年轻时众多现在看来不切实际的"幻想"，不但没有幻化为泡影，却以领先自己思维千万倍的速度不断抨击自己落后保守局限狭隘的视野。犹记得，1998 年赴西安求学时，在漫长的 28 个小时的旅途中，常常想，如果能在火车上打个电话多好啊，如果能再看到人像岂不是美哉至极。自己又常哑然失笑，做梦吧，家里座机才装上，还是分机。却没想到梦醒得如此之快。但梦醒时分，眼前的一切景象，却让我感觉仿佛依旧在梦里。移动电话早已成为人人必备的日用品，火车上打电话又有何难哉！蜗牛般的绿皮车已不多见，高铁正以日行千里的速度创造着这个伟大的时代！

犹记得，刚接触电脑时，用二指禅的笨拙指法练习着摸不着头脑的输入法，咋舌的价格令人对拥有她退避三舍；犹记得，访学北大时，面对同学登陆的互联网目瞪口呆，原来世界竟然如此奇妙；犹记得，第一次踏入北京城时，被她的雄伟气魄震慑的诚惶诚恐，不知所措，却未曾料想，伴随着教育制度改革的红利及师友们的扶携，我也已踏入这座城市近20年，安家立业，不再是过往的旅客。

《史记》云："燕雀安知鸿鹄之志哉！"也许我就是燕雀，虽无法展望改革开放这一鸿鹄究竟会飞得多高，却有幸目睹了她的展翅飞翔，也享受了她带来的众多利好。目前中国已经成为世界第二大经济体、第一大工业国、第一大货物贸易国、第一大外汇储备国。按照可比价格计算，中国国内生产总值年均增长约9.5%。以美元计算，中国对外贸易额年均增长14.5%。中国人民生活从短缺走向充裕、从贫困走向小康，现行联合国标准下的7亿多贫困人口成功脱贫，占同期全球减贫人口总数70%以上。这一伟大成就用任何溢美之词进行评价都不为过。我们何其有幸，生活在了这个光辉岁月！

前事不忘，后事之师。回望历史，我们自豪于汉唐王朝的辉煌鼎盛，我们困惑于明清之际的转折谜团。命运歧途必有因，想两汉之际，"文景之治"立足实际的改革成就斐然，张骞出使西域连通中西走廊，推动了开放的步伐，中西方文化相融相汇，在中华民族同其他民族的友好交往中，逐步形成了以和平合作、开放包容、互学互鉴、互利共赢为特征的丝绸之路精神。大国由是崛起，世界性的帝国开始屹立于世界之林。煌煌盛唐恰已1400周年，"贞观之治""开元盛世"造就的强盛国力为世界所瞩目，思想文化繁荣昌盛，海外贸易所能抵达的范围，已及于新大陆发现之前旧世界的大部分地区。诗云："忆昔开元全盛日，小邑犹藏万家室。稻米流脂粟米白，公私仓廪俱丰实。"盛唐无愧于世界帝国的伟大称谓。

谜一样的问题常常困惑在明清之际的突然转折上。15世纪以前中国的经济水平绝对领先于西方。在16、17世纪，中国的人均生活水平与当时欧洲最领先的地区相当。但在明代中期开始，她却处于了停滞状态。细究其因，则在于其日趋僵化的体制与日趋保守的封闭政策，使其陷入长期的被动挨打、动辄就割地赔款的落后局面。1984年10月22日，邓小平在中央顾问委员会第三次全体会议上谈道："如果从明朝中叶算起，到鸦片战争，有三百多年的闭关自守，如果从康熙算起，也有近二百年。长期闭关自守，把中国搞得贫穷落后，愚昧无知。"回顾中国近现代史，满是悲怆，竟无语话凄凉！

大学期间，我接受过整整10年的历史学专业教育。仍旧清晰地记得，中国近现代史是我最不愿触及的章节，也是成绩最惨不忍睹的部分，自然不是割地赔款的数目太多记不清楚，而是天然地会有一种排斥的心理。即使到了今天，如果讨论起鸦片战争之后的历史，我仍旧是得失各半，难称其意，一时语塞。

改革开放则国力昌盛，闭关锁国则国势式微。改革开放只有进行时，没有完成时。伟大的改革开放惠及的不仅仅是某些群体，"天翻地覆慨而慷"，她给生逢这个时代的每一个人都带来了命运的转折。40年的苦乐年华，正是这份苦并快乐者的乐观心态，使这个社会在沉寂压抑中慢慢苏醒，成长，成熟，结出累累硕果。常欲提笔记述这个时代，却每每提笔不知如何置喙，今有幸阅读《苦并快乐着》，煞是快乐，快乐难道不是最重要的吗？

若即若离

马　铃

　　文贤老师是我大学时的老师和科研工作的领路人。在此之前，我十分不理解文贤老师为何废寝忘食地工作，不理解他为何对"三农"政策的研究那么执着，不理解他为何对农村调研的质量要求特别严格，不理解他为何对学生的要求近乎苛刻。而今，读了《苦并快乐着》的书稿，我才恍然大悟。子曰："视其所以，观其所由，察其所安，人焉廋哉？"老师在书稿中浸透出的农村生活艰辛和对农村生活的眷恋，以及其对历史和未来的见解，不正是我苦苦寻找的答案吗？

　　有幸提前拜读老师的书稿，并有机会写一点我对改革开放40年之变的感受，内心着实激动了好一阵子。这种激动多半来自我的虚荣，老师不仅教学科研做得好，还一直为国家"三农"政策的制定出谋划策。他虽深居简出，却和众多学界以及政策制定者来往密切，他们在谈论学术和政策的时候，我往往只有聆听和仰慕的份儿，我戏称他"谈笑有鸿儒，往来无白丁"。而今老师不弃我的浅陋，岂能不受宠若惊！当然，还有部分激动来自我近年来渐渐加深的"三农"情感。我真正踏入"三农"研究之门也有10年的时间了，跟随文贤老师参与过很多政策研究，参与的多篇报告得到国家领导的首肯。在改革开放40年的时间里，能有整整10年时间参与"三农"研究，为乡村振兴尽自己的微薄之力，岂能不深感荣幸而激动？

在平常的言谈中，文贤老师常称我为"城里的孩子"，我隐约感受到老师有批评我对农业、农村、农民了解不够的意味在里面，尽管我也一直在努力弥补自己这方面的不足，时常组织和参加农村调研活动，但总是感觉自己有置身之外的感觉。读了老师的文稿，我才明白什么是真正的乡愁，才深切体会到什么是融入农业、农村、农民的真实情感，恐怕也正是这种真实情感支撑着老师一直执着于"三农"研究。

我曾在农村生活多年，老师在书中描述的场景和故事，感觉既熟悉又陌生：有些我也亲身经历过，有些只是听说过，有些我还是第一次了解到。读着老师的书稿，时而恍惚感觉书中描写的就是自己，自己儿时在农村生活的情景也会不时涌现叠加进来，不由得想起自己小时候在农村蛙鸣虫叫中度过的惬意生活，不时会心一笑；时而又仿佛感觉自己置身事外，在看别人的故事。当然，涌上心头的，也有对乡村凋落的惋惜之情，还有自己更加坚定地为乡村振兴而努力行动的兴奋。

父亲部队转业后回到家乡，在城里工作，因为还要照顾年迈的祖父母的缘故，加之城里的房子也不够宽敞，所以 16 岁之前，我一直都吃住在农村，上学读书的时间才去城里。所以，尽管我有城市户口，但也是在农村里长大的孩子。农村的孩子把我看作城里人，城里的孩子又把我看作农村人，我自我感觉就是半个农村人半个城里人，或者是生活在农村里的城市人。每天在农村和城市之间不停地转换，我淡漠了一些对农业、农村、农民的深切感受，但也增加了一份对农村、城市共同变化和联系的感受，可谓若即若离。正如老师所说，城里人看农村，是隔着玻璃看，什么都是景儿，而我毕竟置身其中，比隔着玻璃看的人感受稍微真切些。我揣测这大概也是老师请我写几句话的一个原因吧。

我出生于 1979 年，算是伴随着改革开放成长起来的一代，所体会到的农村生活远没有老师笔下所描述的那样艰辛，也没有那么多的苦中有乐，但在农村生活的16年却也足以让我难以忘怀。

我老家的村子位于城乡结合部，坐落在城市郊区，属于平原地带，土地条件较好，所以村子里除了种粮，还承担着为市区供应蔬菜和副食品的任务，村民的日子相对要比老师笔下所描述的日子好过一些。但即便如此，我对儿时的记忆也都和"吃"脱不开关系。酸酸甜甜的橘子罐头是我幼年时眼中最奢侈的美味。记得小时候，村头的小卖部里最吸引我的就是这几毛钱一瓶的橘子罐头，我常常扳着手指数日子，盼望着快点过年，盼望着家里来亲戚，因为只有在那时家里才有可能买上一瓶罐头，我才有可能分到几片橘子解解馋。

尽管我也偶尔也到地里干些农活，但是比村子里的小伙伴们的日子要轻松多了。那时候，妈妈给我买了好多小人书，像什么《孙悟空三打白骨精》《铁扇公主》《牛魔王娶妻》《黑猫警长》以及《宝葫芦的觅觅》等等，惹得农村的小伙伴们特别羡慕。每逢暑假，等爸妈上班后，我就会翻出一抽屉的小人书喊来小伙伴们一起看，可是往往看不多久，小伙伴们就纷纷被家长喊去忙农活儿，留下我一个人索然无味地翻着小人书，怔怔地发呆。即使炎热的夏季，我的小伙伴们也难得歇息下来。夏天的时候，他们通常都要顶着热浪和漫天飞舞的蚊子、苍蝇，钻到菜地里拔草、施肥、摘果实，到牛圈里挤牛奶，再把牛奶桶送到机井里去冰镇，一大早再陪着父母去城里送牛奶……而我，因为家里只有奶奶的一点承包地，大人们下班的时候随便忙活一下就干完了，即便带我去地里，也只能算是溜达溜达而已，并没有真正出过苦力。想来，在小伙伴的眼里，我这半个城里人过的日子该是美好的不得了的吧！

随着改革开放的深化，城里人的生活渐渐好了起来，对牛奶、鸡蛋等东西的需求很快多了起来。村里的一些农民头脑比较灵活，发现了这些商机，就开始养殖奶牛，养猪和养鸡的村民也开始多了起来。每天一早，天空还漆黑一片的时候，邻居们就早早起来，三五成群地结伴去城里卖牛奶、猪肉、鸡蛋。我印象最深的是村民去城里卖牛奶。因为村里当时还没有冷藏设备，而牛奶放久了很容易变质，村民就把事先挤好的牛奶盛在牛奶桶里，再把牛奶桶放到深水井里，用冰凉的井水来保持牛奶的质量。第二天一早，村民再把牛奶桶从水井里吊上来，挂在自行车后面赶往城里。早晨我去城里上学的路上，经常会碰到去城里卖牛奶的村民，他们一边骑车朝城里的方向奔去，一边高声吆喝着"打牛奶了"。当时，在我们那个城市卖鲜奶的，绝大多数都是我们村的村民。至今，只要听到有人吆喝"打牛奶了"的声音，我都会情不自禁地联想到老家村民卖牛奶的场景，感到格外亲切。

村民的收入也越来越多了，住房条件也开始大有改善。因为我的爸爸妈妈都在城里工作，有固定工资，奶奶名下还有承包地，所以家里的生活总体要比其他村民好一些。20世纪80年代初，村民大多还都住在土坯房里，我家是村里最先盖起砖混结构房子的人家，村里人都特别羡慕。然而，随着农村改革开放进程的加快，村民的收入开始大幅增长，不到10年的工夫，也就是到了20世纪90年代初，周围邻居们就都先后盖起了新房子，宽敞漂亮，比我家的气派多了。

遗憾的是，当村民们的生活开始变得富裕了，村里的环境问题也随之恶化。随着越来越多的村民开始养牛、养鸡、养猪，村子里原来宽敞干净的胡同，逐渐被养殖户们占去了大部分，胡同开始变得犬牙交错，显得乱七八糟，加上畜禽粪便处理不当，一到下雨下雪天，泥泞的胡同里就到处都是动物粪便和草料，简直寸步难行。所以，那时只要碰上雨雪天气，我就变得非常烦躁，不仅是因为到处臭气熏天，还因为我在城里读书，学校的同学都是正经的"城里娃"，不论什么样的天气里，他们上学时鞋上都干干净净，而我一到下雨下雪天，甚至在下完雨雪的好几天里，还都要穿着雨靴上学，鞋底和自行车轮子上裹满了一层厚厚的泥粪混杂物，经常惹得同学奚落。那时，我最大的愿望就是离开农村，住到城里去，做个真正的城里娃，再也不愿忍受雨雪天的煎熬。

后来，老家那个村子的一多半被拆迁了。拆迁后盖的新房子还都在村子里，只是占了些以前的耕地。新盖的房子很漂亮，多是两层三层的小楼，街道也整齐，干净了许多。房子虽然漂亮了，但是再也找不到小时候那些拐来拐去、一个胡同套着一个胡同的感觉了。

更令人遗憾的是，当年村子里我的叔辈们，虽然靠着自己的眼光、勤奋和不顾日夜的艰辛闯出了一番富裕的生活，但却没有让孩子们接受更多更好的教育。一个叔叔告诉我，正是因为当年村子的发展势头好，大家都尝到了甜头，认为读书没什么用，我的很多同辈早早就不读书了，只顾在家挣钱。虽然村民物质生活搞上去了，但因为后辈们读书少，没有更高追求，当年的精气神儿都已经不在了。因为村民富得比较早，生活安逸，又缺乏精神寄托，村里好几家原来过得很好的人家都有孩子或吸毒或赌博，把家里村里搞得鸡犬不宁……

40年来农村的变化，既有积极向上的一面，也有消极向下的一面。那些正在消失的正面，需要我们去积极挽救和恢复，需要我们去重新振兴，这大概也是老师在书稿中字里行间透露出来的呼唤吧！

文贤老师从我读本科到读博士时都给我讲过课，是位非常受学生欢迎和尊重的老师。每次开课时，他都先慷慨激昂地鼓动大家一番，大意就是同学们都是国家栋梁之材，将来都是国家精英，也是家庭的未来，不努力学习就是彻头彻尾的不忠不孝。虽然这些都是大家熟知的道理，但是从他嘴里说出来后，你会确确实实感觉到不努力学习真的是一种罪过，不努力为"三农"做出贡献就等同于在世上白活了一遭。他把考试过关说的很难很难，他授课的内容也的确很难，他时常挂在嘴边的一句话——"晚上两点之前睡觉的，肯定考试不及格"，着实把大家吓得胆战心惊，两点之前不敢睡觉的大有人在。考试监考的时候，他一脸严肃，不见半点笑容，素有"捕快"之称，同学们丝毫也不敢有作弊的念头。但是批卷子给成绩的时候，他又显得极其慷慨，所以学生对他都是又怕又爱。在老师的"恐吓"下，我和同学们还硬着头皮啃了好多听着书名就头疼的专业书籍和文献。看了老师的书稿，我仿佛明白了老师对弟子们严格要求的源头了，也明白了他为什么反复强调每个同学都应该抱有"为往圣继绝学，为万世开太平"胸怀了。

老师博我以文，约我以礼。老师学问很高且治学严谨，但为人极其低调，对我影响很大。我也正是在老师的不断鼓励下走向研究之路的，并有幸加入老师的科研团队工作，一晃已是10年光景。我原本从未觉得自己是做研究的料子，大学毕业后就在行政的道路上摸爬滚打，但在职读博士的时候，老师不断鼓励我，认为我认真的劲儿和耐得住冷板凳的劲头难能可贵。正是在老师的鼓励下，虽然我当时的工作任务很重，但是按期完成了博士阶段的学习，这是我在读博士之初完全没有想到的，也更未想到自己会转向做研究的道路。人以群分，物以类聚，我周围的很多同事都或多或少受老师的影响走向了做研究的道路，恐怕这里也有老师内心的"三农"情怀在作怪吧。

当初，生活在农村的时候，因为她的"土"，我朝思暮想地要逃离；而真正离开后，却又无比留恋那个宁静、友好、和善，有人情味儿、年节味儿，到处是虫鸣鸟叫的地方。乡村振兴，不就是要找回我们正在失落的乡愁吗?! 不就是让我们每个人都能望得见山、看得见水、记得住乡愁吗?!

路与远方

子　涵

　　文贤先生是我的老师，老师书稿完成后，吩咐我写几句感想，我诚惶诚恐。当拿到先生的书稿时，我迫不及待地读完一遍，有很多感受，觉得自己有很多想说的话，却又无从下笔，也感觉书里的很多内容只能意会不能言传，颇有"书到用时方恨少"的意味涌上心头；次读之，感觉自己思路渐渐清晰，书中描绘的很多场面开始熟悉了起来，我跑去跟父辈们讨论求证，愈来愈发现书中描写的内容趣味横生；再读之，并细细体会，开始有了自己的思考和理解。

　　自己读书太少，学识太浅，虽不知自己的理解究竟对与否，但我深信只要有思便是进步，索性把自己的思考写下来，算是交给先生的一份答卷。其实，每位读者都有自己的阅读空间，你读到的一切就是你自己的，只属于你，我读到的也同样如此。但我明白，我看到的世界和世界的实相不一样；我也明白，我看到的世界和世界试图展现给我的，也相差挺远。这就是我们说的，每个人都有思想上的盲点和盲区。但有一种方式可以让这种思想盲区变得小一点，那就是交流。正如萧伯纳曾说："如果你有一个苹果，我有一个苹果，彼此交换，我们每个人仍然只有一个苹果；如果你有一种思想，我有一种思想，彼此交换，我们每个人就有了两种思想，甚至多于两种思想。"

同时，我也有私心，读先生的书后，有很多真切的感受，不写下来，总觉得哪里不舒服，我需要文字给我的这些感受一个流淌的出口。

这40年，中国悄然发生着巨大的变化。"中国的改革是从农村开始的"，这是邓小平说的。改革开放40年尽管在历史的长河中不过是短暂的一瞬，但对于这代亲身见证者、参与者和受益者来说，这就是一幅恢宏而壮丽的画卷，令人荡气回肠。我想，从一个切切实实经历这40年而成长的农村孩子眼中来看，中国农村的变化是最真实的，我想这也是先生写作此书的初衷吧。

我的父辈们也常常念叨先生在书中所描绘的干农活、求学等场景。关于农业生产，他们说："作为一个6岁就下地打土块的孩子，做农活是那个时代的孩子们的主要任务。跟大人一起哼唱着'上地一条龙，干活一窝蜂，日出顶日落，工分一样多'的歌，开始了一天的农活时光。割草、起粪、垫圈等农活都属于孩子们，孩子们再大一点，长到10岁左右，拉草、打场等农活都不在话下。改革开放以后，农民积极性的大大提高，机械和化肥的使用、种子的改良使得家里温饱的问题基本上得到解决，穿衣生活方面开始有所改善，农民有了自由经营的权利，发家致富，开始敢想了。"

关于上学，父辈们回忆道："1975～1980年，念小学阶段，教学环境十分艰苦，那个时候流传着一句话'农村房屋最破的是学校'，桌子板凳极少，特别是取暖。一个教室一个土炉子，对于上小学的孩子们来说，生火简直就是一个可怕的事情，公鸡刚打鸣时候，就从炕上翻起来，背上家里准备的柴火，早早到学校生火。一般土炉子很难点着，烟还大，当炉子着了的时候，教室里就已经烟雾弥漫，全部学生要待在教室外，等烟往外冒完之后，再回到教室上课。学费不算太高，但对于有四五个孩子的农村家庭来说还是负担较重。小学时候，最稀缺的就是作业本和草稿纸。买作业本的钱主要靠家里养的鸡下的蛋，一个鸡蛋卖6分钱，才可以换2～3个本子，草稿纸就是2分钱的粗麻纸，裁剪开订成本子，而且每一个作业本都要正面写完背面写，用铅笔写满后就擦掉再写，反复利用。念中学的时候，开始有正经的师范毕业生到乡镇中学任教，思路和视野较为开阔，给学生带来新的观点和看法，教育质量开始有所提高。初中的时候学校还没有住宿条件，10 公里范围内学生都在步行走读。高中的时候，学校开始有住宿条件，20～30人一个大房子，全是草铺的大通铺。学校开始设饭堂时，饭堂只有简易的白水面条。高二的时候，学生们开始有自行车，步行走读换成了骑车。20 世纪 90 年代初期，乡镇学校的校舍改建为砖混结构，食堂、住宿得以改善。在这之前，一个乡能有 10 个左右的孩子考上中专、大专接受更高的教育。在这之后，越来越多的农村孩子能够考入本科及重点院校。"

……

一说起这些的时候，父辈们的眼神里总是闪烁着别样的光芒，从前我并不能理解，觉得很奇怪，因为这些经历在我看来是苦的，但是从他们口中讲出来，似乎又觉得并不是他们不愿意回忆的痛苦往事，反而是别有一番味道在里面。

今天，当我看到父辈们常念叨的一些点点滴滴，在先生的书中全景式展现的时候，惊喜而兴奋。仿佛有一种世界变小、先生小时候就住在我家隔壁的感觉，亲切而又自然。先生将他的经历描写得细腻而深刻，文笔所过皆成绝美的农村场景图，一幅一幅地从我眼前掠过。当我走近每一幅场景时，发现的不仅仅是美，更有些东西直击我内心深处。

反复品读后，我才体会到打动我的是先生对他的这段生活所饱含着深情。而这个时候，我似乎才读懂了我的父辈们在说起这些旧时光的时候，他们那种别样的眼神中饱含的究竟是什么了。

先生写道："能记起改革开放之前农村模样的人，大多都是20世纪70年代初以前出生的，也都早已先后步入了不惑之年。乡愁，大概也就是这些至少像我一样年龄的人，脑海里偶尔才会闪现出的对农村的思念。"可能对先生他们这个年纪的人来说，每个人的心中都有那样一条属于自己的乡间小路，永不消失。都说宫崎骏的动画是给成年人看的，因为只有在宫崎骏的世界里，才永远有风景如画的乡村景色，我想这大概是远离了故园，才有资格说触摸到了乡愁的衣袂。

那乡愁，并不是简简单单的"回不去的旧时光"。那是人到了一定的阅历后，无法言说、无法分享、无法诉说的想念，于是，我们称之为乡愁。我想，我也总有一天会明白，可能再也没有一条路能带我回到记忆中的故园，我只能不断地前行，前行。

先生在书中指出，欲实现中国未来之强大，农业农村必须强大，中国农业农村的发展任重而道远。先生在书中写道："40 年的时间，或在历史记载中一片空白，短也；或在历史记载中细致入微，长也。"这是一个哲学问题吧，或者是参考系的选取不同。我确实从来没有想过再过 40 年，中国的农业农村是怎样一副场景，我们的国家会发展成如何。受先生书稿的启发，想去思考一下，却发现我连 40 年后的自己是什么样子，都很难有一个推断。我能想到仅仅是自己会变成 60 岁出头的老太婆，究其原因，是自己年少漂浮，阅历尚浅，读书不够，很难推演出什么。

但是却让我想到了曾经看过的关于人工智能发展的文章。一个 2000 年左右出生的人，如果回到了一个没有个人电脑、互联网、手机的 1985 年，会比一个从 1985 年回到 1955 年的主角看到更大的区别。因为加速回报定律。1985 ～2015 年的平均发展速度，要比 1955～1985 年的平均发展速度要快，因为 1985 年的世界比 1955 年的更发达，起点更高，所以过去 30 年的变化要大过再之前 30 年的变化。进步越来越大，变化越来越快，也就是说我们的未来会很有趣。

我们现在所处的时代到处充满了弱人工智能，包括汽车的导航系统、谷歌翻译等等。但是弱人工智能到强人工智能还需要很长的一段路要走，为什么这么说呢？因为我们觉得容易的事情——视觉、动态、移动、直觉——对电脑来说太难了。但是如果增加了电脑的处理速度，让电脑变得智能，那么从弱人工智能到强人工智能就会变得简单。一旦迈上了强人工智能的台阶，那后面的发展速度将会变成指数级的，它会变得比爱因斯坦还聪明，那么之后呢，可能就是智能爆炸。

智能爆炸是一大群受人尊敬的思想家和科学家关于未来的预测，因为强人工智能的智能水平越来越快，直到它达到了超人工智能的水平——这就是智能爆炸，也是加速回报定律的终极表现。拥有了超级智能和超级智能所创造的技术，超人工智能可以解决人类世界的所有问题。气候变暖？超人工智能可以用更优的方式产生能源，完全不需要使用化石燃料，从而停止二氧化碳排放，然后它能创造方法移除多余的二氧化碳。癌症？没问题，有了超人工智能，制药和健康行业将经历无法想象的革命。超人工智能甚至可以解决复杂的宏观问题——我们关于世界经济和贸易的争论将不再必要，甚至我们对于哲学和道德的苦苦思考也会被轻易地解决。很难想象一个超级智能会有什么问题是解决不了，或是不能帮着我们解决的，包括疾病、贫困、环境毁灭、各种不必要的苦难。而且，超级智能可以给我们无限的生命，也就是所谓的永生。但是，又有这样一种情况，如果你设定一个人工智能的目标是让你笑，那它的智能起飞后，它可能会把你脸部肌肉弄瘫痪，来达成一个永远笑脸的状态。如果你把目标设定成保护你的安全，它可能会把你软禁在家。如果你把目标设定成尽量保护地球上的生命，那它会很快把人类都杀了，因为人类对其他物种是很大的威胁……

人工智能创新和人工智能安全的赛跑，这可能是人类历史上最重要的一次竞争。而那之后我们是永生还是灭绝，现在还不知道。想想如果真是如预测者所说智能起飞会在21世纪之内实现，那么再过40年，我们所生活的这个世界，科技是否已经具备了智能起飞的条件等等，一切又会是怎样的一幅场景……

先生的书稿，我前前后后翻阅数遍。每每翻开再读之时，似乎渐渐清晰了一些东西，这些东西深深融化在先生这一段的生活里，也融化在这一段的成长里——这就是变化。很多情况下，我们不可能非常清楚直观简洁地说清变化是什么，就像数学物理上下定义那般。所以，这40年的农业农村之变，似乎就在先生所描述的生活里慢慢开始浮现，不管是农活、副业、出行、求学等等，都让我真真切切地感受到了变化。

除去这些，我还读出了先生对他的这段生活所饱含着的一种深情，这种深情已经沉淀在先生的心里或者身体的血液里。而这也是我获得思想的启迪和精神的力量，不管今后做不做学术研究，都需要保持这样一种对农业农村的深情，而这种深情可能才真正不辜负这个专业，不辜负这个专业领域前前后后的学者和老师们。

当然，学到的远不止这些。书中很多细节，包括帮爸爸赶集、抢收小麦、邻里之间等等，非常饱满地表达了另外一种东西，但是这种东西的表达又不是先生刻意为之，而是一种自然地流露，就像是一种气质或者一种味道。而这种东西我似乎也想不出一个很恰当的词来形容，但又好像有一个字可以把它囊括——善。先生对父母、对邻里、对同学、对生活等等都饱含着善意，而这种善意又化为懂事、孝顺、积极、努力等。这也让我想起我的父母，似乎我的父母从来都不会直接说教我要善良、要懂事、要换位思考、要懂得人间疾苦，但现在我似乎已经体谅到了父母一直在潜移默化地教化我要善意待人、要懂得人间疾苦。这大概跟先生的文字一样吧。虽然书中只字未提他的善意，但因为善意早已化为先生自己的一部分，所以就伴随着文字流淌了出来，而这也正是我一生都要向先生学习的品质。

　　阅读书本很重要，阅读一本好书会带给人无穷的力量和启迪。先生的书，不仅仅让我看到文字的东西，更看到了改革开放给农村带来的真真实实的巨变。我们说有时候"阅读社会"可能比"阅读书本"更加重要，因为只有在"阅读社会"的前提下，"书本"才能被更好地利用。从书中窥探社会，先生的著作做到了。我不是在这里极尽赞扬之词，先生之学不需要我一个年少漂浮、学历尚浅的学生在这书写，我只是在表达真实的感受。一个小小的学生都能从书中阅读出社会的变迁，这该是需要作者怎样的一种功力，才能将40年点滴汇集的深刻变革以四两拨千斤之势展现在我的眼前？我想这与先生丰厚的学识、善良的品质以及丰富的人生阅历是断然离不开的。

　　读先生之书，也在向先生学为人处世之学问。先生静水流深，崇尚淡如水的风格，不作他想，习惯收敛，好处自然是风吹草低见牛羊。学无止境，幸而得吾师。